GUSTAVE EIFFEL

ET LES ÂMES DE FER

GUSTAVE EIFFEL
ET LES ÂMES DE FER

FLORE VESCO

Didier Jeunesse

Alliage du chapitre 1

32 % de cuivre,
18 % d'étain,
50 % d'un bien étrange entretien d'embauche

Gustave Eiffel empoigna fermement le fer. Sa main était assurée. Il effectua une légère rotation pour assouplir son poignet et soupeser le métal. Il prit une profonde inspiration. Ses doigts se crispèrent. D'un geste vif, sans hésitation, il appuya la pointe métallique contre le col. Il détendit le bras de manière fluide, dans un mouvement imparable, presque instinctif.

Du premier coup, il repassa l'encolure de sa chemise.

Puis il attaqua les manches. Il gagna du terrain, déplissa les pans de devant et derrière. Sans faiblir, il traquait les plis. Sa respiration était régulière, son œil vif et concentré. Cependant le plus dur restait à faire. Il fallait lisser la boutonnière. Gustave serra le poing sur le manche. Ses épaules tendues trahissaient sa détermination. Il s'élança. Le fer serpenta entre les boutons, défroissant le tissu jusque dans les recoins les plus inaccessibles. Enfin, à bout de forces, Gustave reposa son fer à repasser. Il brandit victorieusement sa chemise. Il était venu à bout de tous les plis.

Gustave enfila le vêtement encore tiède. Il passa un veston léger en lin. Devant le miroir, il ajusta son nœud de cravate, affermit ses épaulettes, s'assura que son pantalon tombait droit et que ses souliers reluisaient. Il recula de quelques pas et s'observa d'un œil critique.

Le miroir lui renvoya le reflet d'un jeune homme bien mis, mince et droit, l'air réservé. Il lui sembla qu'il avait fort honnête mine. Il s'entraîna à prendre l'allure d'un ingénieur compétent et sûr de lui. Il s'exerça à sourire comme quelqu'un qu'il fallait à tout prix embaucher.

Aujourd'hui, il trouverait du travail. Il décrocherait un poste à la hauteur de ses compétences, avec de bons appointements et des perspectives d'évolution. Et, surtout, avec une avance sur salaire.

Le regard de Gustave alla de son costume tout frais aux murs décrépis de la chambre d'étudiant qu'on apercevait derrière lui. Le logement se composait d'une pièce unique, propre, mais défraîchie et chichement meublée. Une fois embauché, il pourrait peut-être déménager. Il aurait aimé habiter un immeuble à corniches et façade en pierre de taille. Il rêvait d'un appartement avec une belle hauteur sous plafond, des moulures, et un balcon donnant sur la Seine.

Le jeune homme ouvrit sa lucarne. Paris se réveillait. Des ruelles environnantes montaient déjà les clameurs des vendeurs à la criée, et le chambard des voitures. Une nouvelle journée commençait, pleine de promesses pour qui saurait saisir les opportunités qui se présentaient. Eiffel sortit faire un tour.

En passant devant la loge de la concierge, il rentra les épaules, baissa le menton et fila droit, priant pour échapper à la mégère, à qui il devait déjà deux mois de loyer. Gustave refusait d'écrire à nouveau à ses parents pour réclamer de l'argent. Le petit négoce de fers doux, aciers et tôles que gérait sa mère n'était pas une source inépuisable. Il était temps qu'il subvienne à ses besoins.

Dehors, le peuple parisien se disputait le trottoir. Les ramasseurs de mégots bousculaient les chiffonniers et vitriers. Les repasseurs de ciseaux et les marchandes d'allumettes alpaguaient les passants. Les saute-ruisseau se faufilaient parmi ce beau monde, au grand agacement des cantonniers, paveurs et manouvriers qui tentaient d'entretenir la voirie.

La capitale était partout en construction : le baron Haussmann n'en finissait pas d'élargir les rues, de tracer des avenues, de tailler et épurer la ville. Même le quartier populaire et encore rural de la Goutte d'Or, où logeait Gustave, n'y échappait pas.

Le jeune homme acheta le journal et s'assit à la terrasse d'un estaminet, rue du Chemin-de-Fer. Il commençait à faire chaud. La journée promettait d'être magnifique. Gustave parcourut les annonces d'un œil exercé. Rien. Il lut les propositions une seconde fois, désespérant d'y trouver une offre dans son domaine de compétence. La vie à Paris était dispendieuse, et sa situation financière devenait critique.

Le 4 juillet, il avait obtenu son diplôme de l'École centrale des arts et manufactures. Le 5 juillet, il s'était offert un complet de seconde main, qu'il avait fait retoucher pour paraître à son avantage lors des entretiens. Le 8, il avait commencé à postuler. Un mois plus tard, il cherchait encore un emploi. Il était trop jeune, trop inexpérimenté, il manquait de relations.

Gustave s'alluma une pipe. Il s'était mis à fumer la pipe le 18 juillet, dans l'espoir que cet accessoire lui donnerait l'allure d'un homme mûr et sûr de lui. En tirant quelques bouffées, il songea à ses difficultés et au moyen d'y remédier.

Alors qu'il vidait sa pipe contre le coin de la table, son œil fut attiré par une page du journal plié devant lui. Parmi les petites annonces de la rubrique « Divers », on lisait :

Société très fermée recherche esprits logiques et cœurs aventureux.

48° 51′ 50 N

2° 19′ 52 E

9 m

08.08.1855

13.45

C'était tout. Pas d'adresse ni de nom. Gustave, intrigué, se pencha sur la suite de chiffres. Sur l'avant-dernière ligne, il reconnut sans mal la date du jour, le 8 août 1855. En dessous était certainement indiquée une heure de rendez-vous : 13 h 45.

Machinalement, il consulta sa montre gousset : il était bientôt midi.

Mais où fallait-il se rendre ? Gustave conclut que les premières lignes indiquaient le lieu de rendez-vous. Un influx électrique éclaira ses neurones : il avait sous les yeux des coordonnées ! La première ligne était une longitude, et la seconde, une latitude. Gustave observa les chiffres plus attentivement. Il estima que les coordonnées de l'annonce désignaient un point précis de la capitale. Mais comment, sans compas, sans théodolite, ni sextant, savoir où aller ? Gustave plissa le front, galvanisé par ce défi qui pimentait une matinée infructueuse.

Doucement, les rouages de son cerveau se mettaient en branle. Le jeune homme tourna la tête vers le ciel, une main en visière sur son front. En ce mois d'août, aux approches de midi, le soleil était haut, et les ombres portées bien nettes. Il héla le garçon de café et lui demanda un almanach.

Puis il fit l'inventaire des poches de son pantalon. Il y trouva des clous, de la ficelle, un mètre, de la menue monnaie, un petit couteau, un ressort, une craie et un cadenas. Gustave n'avait jamais pu se défaire de cette manie enfantine d'accumuler les broquilles en ferraille qu'il glanait çà et là. Il sortit également une règle à calcul en laiton que, par une vieille habitude d'étudiant, il gardait encore à l'intérieur de son veston. Bien poliment, il aborda un vieux monsieur qui prenait le soleil à la table voisine, et demanda à emprunter sa canne. Il fit quelques pas aux alentours de la terrasse. Les rues du quartier étaient criblées de nids-de-poule : longer le trottoir sans se rompre la cheville était une véritable gageure. Gustave choisit un beau trou régulier. Sous le regard curieux des habitués du café, il se mit à l'ouvrage.

D'abord, il noua le cadenas au bout de la ficelle pour fabriquer un fil à plomb. Il ficha la canne dans le trou, le plus droit possible, en s'aidant du fil à plomb. Midi approchait. Gustave mesura la hauteur de la canne, puis son ombre au sol. Avec ces deux chiffres, il obtenait la tangente de l'angle formé par la direction du soleil avec celle du zénith. Le garçon de café revenait justement avec l'almanach. Gustave consulta la rubrique des déclinaisons du soleil. En déplaçant le curseur sur sa règle à calcul, il détermina grossièrement la latitude de la terrasse.

La longitude était encore plus facile à trouver. Gustave appréciait les promenades dans la capitale. À Montmartre, tout près de chez lui, il était souvent passé devant la mire érigée dans le parc du Moulin de la Galette. Cette stèle en pierre était située sur le méridien de Paris. La longitude du lieu était gravée sur l'une de ses faces, et Gustave avait la mémoire des chiffres.

Cette estimation assez grossière de sa propre position permettait à Gustave d'évaluer la direction dans laquelle il devait se rendre : le point de rendez-vous de l'annonce se situait au sud-ouest. Malheureusement, ces calculs étaient très approximatifs. Il lui suffisait de se tromper d'un soixantième de degré pour dévier un kilomètre et demi trop loin. Sans instrument de mesure, trouver l'exact emplacement du point de rendez-vous était impossible.

Pourtant, Gustave répugnait à s'en tenir là. La curiosité et le désir de relever le défi le tenaillaient. Aussi le jeune homme, ayant rendu canne et almanach, et payé sa consommation à la hâte, sauta dans un fiacre en direction du 1er arrondissement.

Là, il balisa la zone sommairement déterminée par ses calculs. Il déambula rue de la Ferronnerie, le nez en l'air, à la recherche d'il ne savait quoi. Il vagua dans l'impasse du Vif-Argent. Il baguenauda rue du Plat-d'Étain, observant les devantures et les enseignes. Il arpenta la rue du Fer-à-Moulin dans un sens, puis l'autre. Il marcha ainsi une heure durant, sans se décourager, écumant tout le quartier. Ses pas le portèrent quai des Orfèvres.

Il s'engagea dans une de ces ruelles étroites qu'Haussmann faisait partout raser. Dans la pénombre d'une porte cochère, une inscription à la craie l'arrêta. Sur le vantail, on avait recopié les coordonnées de l'annonce. Gustave venait de trouver le lieu de rendez-vous.

Le cœur battant comme une chambre à pistons, il poussa la porte. La poussière accumulée dans l'entrée le fit éternuer. Le hall était désert. À gauche, une vitre crasseuse, à moitié fendue, laissait apercevoir la loge du concierge, visiblement inhabitée depuis des années. La joie d'avoir décrypté l'énigme fit place au doute. Dans quoi s'était-il donc fourré ? Qui se donnerait rendez-vous dans un immeuble abandonné ? Et s'il allait rejoindre un repaire de criminels ?

Pourtant, il aurait été dommage d'abandonner si près du but. Poussé par la curiosité, Gustave s'engagea dans l'escalier. À quelle porte toquer ? Il consulta à nouveau l'annonce. Si les deux premières lignes indiquaient la longitude et la latitude, alors tout naturellement, la troisième ligne donnait l'altitude. Gustave supposa qu'elle prenait pour repère le niveau de la Seine, qui coulait juste en contrebas. Avant d'entrer, un coup d'œil au bâtiment lui avait permis d'estimer que chaque appartement avait une hauteur sous plafond de trois mètres environ. Pour atteindre neuf mètres au-dessus de la Seine, il devait monter au troisième étage.

Les escaliers fatigués craquèrent sous ses pas. Gustave dépassa le premier, puis le deuxième étage. Aucun son ne filtrait à travers les portes closes. Il n'y avait qu'un seul appartement au palier du troisième. Le jeune homme sortit sa montre à gousset. Il était bientôt 14 heures : il était un peu en retard. Après une dernière hésitation, il toqua. Comme personne ne lui ouvrait, il testa le loquet. Celui-ci n'était pas tiré. Gustave entra.

Sept têtes se tournèrent vers lui. Elles étaient rattachées à sept jeunes hommes, assis bien droit sur leurs chaises, disposées en ligne dans un petit vestibule. Beaucoup toisèrent le nouvel arrivant des pieds à la tête. Ayant classé Gustave dans la catégorie des êtres de peu d'importance, ils détournèrent le regard avec un léger dédain.

Au fond du couloir, on apercevait une porte fermée. Gustave, ne sachant que faire, prit place lui aussi sur un siège vide. Il n'osa pas tirer son voisin par la manche pour lui extorquer des informations. Comme chacun gardait le silence, Gustave ravala ses questions.

Discrètement, il observa le petit groupe. Tous portaient un complet de ville décontracté ou une tenue de sport. Ils avaient l'allure d'étudiants ou de jeunes recrues de l'armée en civil. Gustave, en veston cintré et cravate, se sentit un peu trop apprêté.

La plupart affichaient cette expression de vague indifférence de celui que rien ne peut surprendre. Néanmoins, de temps à autre, un pianotement des doigts sur la cuisse, ou un regard en coin vers la porte au fond du vestibule, trahissait leur nervosité. Gustave conclut qu'ils ne savaient pas mieux que lui ce qui les attendait.

Un des jeunes gens tranchait avec le reste de la troupe. Il était en bras de chemise et portait un improbable nœud papillon bigarré. Son visage, rond et doux, achevait de lui donner un air bonhomme. Gustave, cependant, n'eut garde de se fier à cette apparence débonnaire. Sous l'unique sourcil qui lui barrait le front d'une tempe à l'autre, le regard de l'inconnu était vif et perçant. Gustave fut ravi de constater que ce dernier tenait en main le journal du jour, plié à l'endroit de l'annonce. Il leva son propre journal, en signe de ralliement. L'autre le vit et lui renvoya son sourire. Gustave allait engager la conversation, quand des pas se firent entendre. Tout le monde tourna la tête vers le fond du vestibule. On venait enfin les chercher. À la vue de l'individu qui entra, les épaules se crispèrent.

Le nouveau venu avait une trentaine d'années. Il était charpenté comme un pilier de soutien : deux poteaux en guise de jambes, une poitrine solide comme un contrefort, et des épaules aussi larges qu'une poutre maîtresse. Une fine cicatrice, semblable à une griffure, zébrait une de ses joues. Gustave songea que ce gaillard n'avait rien d'un grand bourgeois ou d'un directeur de manufacture, et se demanda dans quoi il avait bien pu s'engager. L'homme prit la parole :

– Bienvenue. Je suis heureux de vous accueillir à cette session de recrutement. Comme vous le savez, notre Société recherche des jeunes gens courageux et intelligents. Si vous êtes ici, c'est que vous nous avez été chaudement recommandés par vos supérieurs. Je vois aussi que deux candidats nous ont rejoints grâce à l'annonce postée ce matin dans le journal. Je vous félicite de votre initiative. Je me doute que vous devez être pressés d'en savoir plus, et de connaître les postes et missions que nous proposons. Cependant, vous devez comprendre que notre Société est très exclusive, et tient à garder secrète la nature de ses activités. C'est pourquoi, avant de répondre à vos questions, je vous ferai passer un test. À l'issue des épreuves, seuls un ou deux d'entre vous seront retenus.

À ces mots, les jeunes gens se jaugèrent discrètement, évaluant la concurrence. Gustave se demanda si les affaires de cette société si fermée étaient bien légales. La voix grave de l'homme lui était vaguement familière, sans qu'il parvienne à se souvenir où il l'avait déjà entendue.

– Nous testerons vos connaissances théoriques, vos compétences physiques, votre réactivité et votre capacité à résoudre des problèmes, continua l'homme. Si vous ne souhaitez pas vous plier à nos épreuves, la porte de sortie est grande ouverte.

Il marqua une pause. Personne ne bougea.

– Fort bien, conclut l'examinateur. Suivez-moi.

Gustave se leva en même temps que les autres. Malgré ses appréhensions, et même s'il ignorait ce pour quoi il postulait, il était décidé à faire de son mieux. Il était de toute manière prêt à accepter n'importe quel emploi. Et puis, qui sait si ce n'était pas là le début d'une belle aventure ?

Les candidats furent conduits dans une pièce attenante, entièrement vide. L'examinateur distribua à chacun une bouteille en verre remplie d'eau. Gustave commença vaguement à s'inquiéter.

– Placez-vous en ligne, ordonna l'examinateur. Cette première épreuve est très simple. Vous avez en main une bouteille. Vous devez la casser. Vous n'avez le droit d'utiliser aucune des surfaces de cette pièce : ni le sol, ni le mur, ni le plafond. Chaque candidat aura droit à un essai seulement. Il est interdit de reproduire la manœuvre d'un candidat avant vous. Le premier en ligne commence.

Un silence accueillit la fin de la consigne. Les jeunes gens coulèrent un regard en vrille vers leurs voisins, incertains de la réaction à adopter devant une épreuve aussi farfelue. Certainement, il s'agissait là d'une plaisanterie !

L'examinateur, d'un air impatient, pencha sa forte carrure vers le premier candidat. Le jeune homme paniqua et se lança.

Sans doute, il agit sous l'impulsion du moment. Ou alors il surestima la solidité de son crâne. Toujours est-il qu'il ne trouva rien de mieux que de frapper la bouteille contre sa tête. Un temps, il resta debout, la bouteille intacte dans le poing, l'air tout étonné. Puis il s'écroula, assommé. Le recruteur poussa un très long soupir, et c'est avec une infinie lassitude qu'il prononça le simple mot : « suivant ».

Lesdits candidats subséquents parvinrent tout juste à s'amocher un peu moins. Un olibrius se brisa une dent sur le goulot de la bouteille. Un autre manqua de se luxer le pouce. Le quidam d'après pensa frapper la bouteille de son tibia en la lançant devant lui, mais il manqua son coup. Il inspira son voisin, qui eut l'idée d'ôter son soulier et de se servir du talon comme d'un marteau. Il fit un grand moulinet du bras pour frapper la bouteille le plus fort possible, cogna dans le vide et, entraîné par son élan, tourna gracieusement sur lui-même telle une ballerine. Il termina sa ronde, dos à l'examinateur, l'air benêt, le pied déchaussé, la bouteille toujours entière dans la main.

C'était au tour du garçon au sourcil broussailleux qui, comme Gustave, avait décodé l'annonce dans le journal. Au lieu de se livrer à de stériles acrobaties, ce dernier vida la bouteille de son eau, en veillant bien à ce qu'il ne reste aucune goutte. Il déchira un pan de la manche de sa chemise. Il en fit une boule de tissu, qu'il enfonça au fond de la bouteille. Il tailla un second morceau de sa chemise, et s'appliqua à en dénouer la fibre. Gustave l'observait avec curiosité. Le jeune homme fabriqua un petit tas d'étoupe, qu'il enroula en forme de mèche. Il s'approcha d'une fenêtre et sortit un monocle de sa poche. Il inclina le verre de manière à diriger le faisceau de lumière en direction de la mèche.

Ici, il s'écoula un temps qui sembla infiniment long à Gustave, et sans doute aux autres candidats. Le recruteur attendait sans mot dire. Enfin, sous l'influence du rayon de soleil, le morceau d'étoupe s'embrasa. Le jeune homme au sourcil s'en saisit et le fit tomber dans la bouteille, qu'il referma. Gustave eut un sursaut d'étonnement. Que fabriquait-il ? Une fois la bouteille fermée, cette petite flammèche, en l'absence d'oxygène, allait s'éteindre en quelques secondes. Ce n'est pas ainsi qu'il causerait le moindre dommage.

La bouteille explosa.

La déflagration la fit éclater en plusieurs tessons. Quand la fumée fut dissipée, l'examinateur demanda :

– Pouvez-vous m'expliquer pourquoi la bouteille a explosé ?

Le jeune homme au sourcil afficha un air contrit.

– Ce matin, au laboratoire, j'ai entamé une expérience sur la stabilisation de la nitroglycérine. À la pause de midi, j'ai trouvé votre message dans le journal et j'ai décidé de présenter ma candidature. Mais je n'ai pas eu le temps de me changer avant de venir. J'ai passé la matinée à réduire de la poudre noire, qui est très volatile. Je savais donc qu'il m'en restait des résidus sur les manches. Peu, sans doute, mais assez pour produire une onde de choc dans un petit espace confiné comme celui de la bouteille.

Gustave envia ce jeune homme, qui trouvait apparemment tout naturel de se promener avec de la poudre à canon dans les plis de ses vêtements. Lui-même avait fait l'inventaire de ses poches dès le début de l'épreuve, et ce n'était pas avec la menue ferraille qu'il transbahutait qu'il parviendrait à fabriquer une bombe. Mais il n'eut pas le temps de pousser plus loin sa réflexion, car l'examinateur venait d'arriver à son niveau.

Gustave tourna la bouteille entre ses mains. Il aimait manipuler les matériaux, évaluer les poids et les distances. La bouteille était formée de deux empiècements en verre : le corps et le fond. C'est là qu'il fallait exercer une force, à l'endroit où le culot avait été soudé. Mais avec quoi frapper ? Une onde lumineuse fulgura à travers le réseau de ses méninges. Et s'il utilisait l'eau qu'elle contenait ?

Gustave secoua le liquide à l'intérieur. Oui. Il suffisait de faire subir une force verticale très rapide à la bouteille. L'eau, en revanche, ne suivrait pas le mouvement avec la même célérité. Pendant quelques microsecondes, un vide se formerait dans le bas. L'inertie et la masse de l'eau retombant sur le fond créeraient des fissures là où la bouteille était la plus fragile.

Gustave plaça sa main gauche autour du goulot. Il serra les doigts, attentif à maintenir une prise ferme, tout en laissant un espace suffisant pour que la bouteille glisse de haut en bas. De la main droite, il répéta un mouvement de frappe rapide et puissant, avec la paume. Il calma sa respiration, repassa une dernière fois le geste dans sa tête, et l'exécuta à la perfection.

La bouteille resta intacte.

Agacé, Gustave reproduit aussitôt la manœuvre. Cette fois, le fond de la bouteille céda, et l'eau se répandit à ses pieds. Radieux, Gustave leva la tête vers l'examinateur. Ce dernier affichait une mine impassible.

– Vous n'aviez droit qu'à un essai, dit-il.

Gustave acquiesça, dépité. Les consignes étaient claires.

Le candidat après lui déclara forfait. C'était un grand damoiseau à l'air hautain. Le godelureau affirma avec mauvaise humeur que l'épreuve était stupide, et qu'il ne s'était pas déplacé jusqu'ici pour se ridiculiser de la sorte.

Sans un mot, l'examinateur lui désigna la porte. Le blondinet haussa les épaules et quitta la pièce. L'examinateur fit signe aux candidats restants de le suivre. Les jeunes gens se jetèrent des regards en coin. Gustave sentit que certains hésitaient à abandonner eux aussi. Finalement, tous passèrent dans la pièce suivante, à l'exception du galantin qui s'était assommé lui-même, et gisait toujours sur le sol. Ils n'étaient donc plus que six.

Cette nouvelle salle comportait une dizaine de pupitres sur lesquels étaient posés un plumier, une feuille de papier, et une petite boîte. Gustave sentit son espoir remonter en flèche : fini les épreuves saugrenues ! Le test de la bouteille visait sans doute à déstabiliser les participants avant l'épreuve réelle. On allait simplement évaluer leurs connaissances théoriques.

Les candidats prirent place.

– Je vous demanderai à présent de résoudre deux types de problèmes mathématiques. D'une part, sur la feuille posée devant vous, vous noterez le résultat des calculs mentaux que j'énoncerai.

Gustave hocha la tête, attentif.

– D'autre part, vous devrez former la figure géométrique qui se trouve sur votre pupitre.

Gustave ouvrit la boîte posée devant lui. Elle contenait des petites plaques de cartons à plier et assembler selon des instructions complexes.

– Les épreuves se déroulent en temps limité, continua l'examinateur en désignant un sablier posé sur le bureau. Vous avez dix minutes pour réaliser tous les calculs et monter la figure géométrique.

Gustave se prépara en trempant son porte-plume dans l'encrier. Il devrait veiller à ne pas dépasser le temps imparti. Cinq minutes pour le calcul mental, cinq minutes pour la construction de la figure géométrique, pas plus.

L'examinateur retourna le sablier.

– Calcul n° 1 : déterminez la limite de $u^n = -5\left(\frac{7}{6}\right)^n$.

Le jeune homme ferma les yeux. Sous son crâne, les engrenages de son cortex s'embrayèrent, complaisants et bien huilés. Il venait tout juste de trouver la bonne réponse, quand l'examinateur reprit :

– Calcul n° 2 : déterminez le coefficient directeur de la tangente à la courbe représentative de $f(x) = 6x^2 + 7x - 3$ en 0.

Les questions s'enchaînaient un peu trop rapidement à son goût. Néanmoins, il tenait le rythme.

L'examinateur débitait ses calculs. Gustave était plongé dans les combinaisons de chiffres. Soudain, son cœur bondit dans sa poitrine, telle la soupape d'un moteur à compression. Il venait d'apercevoir le sablier. Plus de la moitié du sable s'était écoulée ! Et l'examinateur poursuivait sa litanie. Quand allait-il s'arrêter pour leur laisser le temps de réaliser la figure géométrique ?

Tout en veillant à ne pas manquer une des questions, Gustave regarda autour de lui. Les candidats avaient le nez enfoui dans leur feuille de calcul. Seul le jeune homme qui avait fait exploser la bouteille avait réalisé le souci. Avec une bonne volonté méritoire, il s'empressait de boucler le calcul mental le plus vite possible. Puis, dans l'intervalle entre deux questions, il montait une ou deux plaquettes de carton. Ses efforts étaient peu concluants. Sur sa feuille, les réponses étaient toutes raturées, et sans doute fausses. Le montage de la maquette avançait très lentement.

Gustave lâcha sa plume. L'examinateur attendait certainement d'eux qu'ils fassent marcher leur cerveau et leurs mains en même temps. Il se mit à monter la maquette, l'oreille tendue, en essayant dans le même temps d'effectuer les calculs mentaux.

Très vite, il conclut que l'épreuve était impossible. La maquette comme les calculs étaient trop complexes. Ou il s'embrouillait dans les chiffres, ou il montait une pièce à l'envers. Avec désespoir, il vit le dernier grain de sable s'écouler. L'examinateur ramassa les copies. Gustave rendit une feuille de calcul incomplète, et une maquette à peine entamée.

Imperturbable, l'examinateur posa les devoirs sur son bureau. Il annonça une seconde épreuve semblable, distribua une feuille blanche et une nouvelle maquette à monter. Puis il retourna le sablier, et se remit à énumérer des questions de calcul mental.

Gustave considéra le défi qui leur était lancé. Il refusait de s'avouer vaincu. Pourquoi donc les astreindre à une épreuve impossible ? Si on les soumettait à un tel examen, c'est qu'il devait y avoir moyen de le réussir.

Pris d'une inspiration, il se leva et s'approcha du pupitre le plus proche. Il attrapa la maquette de son voisin, qui se trouvait être le garçon au sourcil. Ce dernier n'avait pas encore eu le temps d'y toucher. Gustave lui laissa sans un mot sa propre feuille de calcul, sur laquelle il avait seulement noté son nom. Le jeune homme le regarda faire avec étonnement, n'osant rien dire. L'examinateur ne broncha pas.

Aussitôt, Gustave se mit au travail, un œil sur le sablier pour ne pas perdre de temps. Le sable était déjà engrené à plus de la moitié quand il termina de bâtir la figure géométrique. Cependant il avait mémorisé la plupart des gestes. Il réussit à monter plus rapidement la seconde maquette, et boucla les deux modèles dans les temps. Il en déposa un sur la table de son voisin. Il ne restait que quelques grains dans le sablier. Avec appréhension, il tourna la tête vers l'autre candidat : est-ce que ce dernier avait joué le jeu ? Avec soulagement, il vit le jeune homme lui adresser un clin d'œil et lui rendre sa copie : elle était recouverte de calculs. Ainsi, l'examinateur ramassa leurs deux devoirs complets.

Gustave ignorait si cet expédient serait considéré comme réglementaire. Toujours est-il qu'à la troisième session, lorsque l'examinateur distribua une dernière maquette, retourna le sablier, et déroula pour la troisième fois le chapelet de calculs mentaux, tous les participants imitèrent la technique de Gustave. D'un coup d'œil, ils se concertèrent et formèrent des binômes. À la fin du temps imparti, toute la promotion rendit des devoirs complets. Le vent avait tourné. Dans la salle, les candidats relevaient crânement le front. Ils étaient soudés, et prêts à affronter un nouveau défi, aussi épineux soit-il. C'est avec entrain qu'ils quittèrent leur pupitre et suivirent l'examinateur dans une nouvelle pièce.

Celle-ci ressemblait à un gymnase abandonné.

– Cette épreuve est un test d'aptitude physique, déclara le recruteur en désignant des poids dans un coin de la salle. Vous devez soulever un de ces poids. Je ne vous demande pas de le lancer ni de jongler avec, juste d'arriver à le lever du sol. Et évitez de vous briser le dos dans l'opération. Ou un pied. Merci.

Gustave s'approcha des poids. Il toqua du bout de son soulier pour s'assurer que tous étaient pleins. Au grain et à la couleur, il reconnut du plomb massif. Vu leurs tailles, aucun de ces blocs ne pouvait être soulevé à la main.

Il était plongé dans ces considérations, quand la mémoire lui revint. Gustave comprit pourquoi la voix de leur recruteur lui était familière. Lors de sa première année à l'École centrale, il avait un temps étudié la chimie. Il venait de reconnaître, dans la personne de leur examinateur, un des conférenciers de l'Académie des sciences. Gustave était alors jeune étudiant et, depuis les gradins du grand amphithéâtre, il distinguait à peine la silhouette du conférencier, c'est pourquoi il ne l'avait pas immédiatement remis. Mais il était désormais certain que cette voix grave, qui portait au loin, était celle de son professeur de l'époque. Ce dernier s'appelait Louis Pasteur, et malgré son jeune âge, ses travaux sur la vaccination animale avaient déjà révolutionné le monde des sciences. Gustave s'étonna qu'une telle sommité organise des recrutements dans un immeuble insalubre.

Pendant ce temps, les autres candidats s'étaient approchés des poids. L'un d'eux haussa les épaules. « Impossible ! », dit-il. Louis Pasteur lui jeta un regard condescendant. Il s'avança vers un des blocs le plus massifs, qui devait peser deux cents kilos au bas mot. Il saisit l'anneau et, d'une seule main, il souleva le poids, avec autant de facilité que s'il avait attrapé la poignée d'une valisette. Sans quitter le candidat des yeux, il déclara :

– Si vous voulez collaborer avec nous, vous feriez mieux de ne jamais préjuger de ce qui est possible ou pas.

Sa voix n'était pas contrainte. Il reposa sa charge, qui tomba au sol avec un bruit bien pesant. D'un signe de tête, il invita les candidats à relever à leur tour le défi.

Gustave, comme les autres candidats, choisit un poids. Il plaça ses deux mains sur l'anneau, plia les jambes, bloqua sa respiration, et convoqua toutes ses forces. Ses muscles se tendirent. Sous l'effort, ses phalanges devinrent blanches. Le bloc ne bougea pas d'un clou. Il tira à nouveau, concentrant toute sa volonté sur ce morceau de fonte réfractaire. Rien.

Gustave s'entêta. Il poussa ses leviers à plein régime. Le sang pulsait dans ses veines comme la vapeur file dans les tubulures d'un moteur, actionnant le ressort des biceps, qui se roidirent violemment. Toujours rien.

Le jeune homme se redressa. Les candidats se frottaient les mains, l'air dépité. Aucun n'avait réussi à soulever son poids. Gustave repensa aux consignes de Louis Pasteur. Celui-ci avait dit : « Vous devez soulever un des poids. » Et si le « vous » désignait un ensemble, et non un vouvoiement de politesse ?

Gustave attrapa une sangle accrochée au mur. Après en avoir éprouvé la solidité, il la passa autour des épaules du garçon au monosourcil, qui était large et plutôt costaud. Il fit signe aux autres candidats de le rejoindre. Ces derniers, lassés de leurs vains efforts, suivirent sans hésiter ses directives.

Ensemble, en combinant leurs forces, ils poussèrent sur une des faces du bloc. Le poids se souleva de quelques centimètres en balancier sur une de ses arêtes. Gustave glissa l'autre bout de la sangle en dessous. Le garçon au sourcil sentit la corde autour de ses épaules se tendre. Il tira. Galvanisés, les candidats fournirent une ultime poussée. Grâce à leurs efforts, le candidat au sourcil parvint à soulever le poids au-dessus du sol.

Tout le monde lâcha, et le poids retomba. L'examinateur contemplait d'un visage de marbre ces grands dadais essoufflés et fiers d'eux.

– Bien, dit Louis Pasteur. Passons dans la pièce suivante.

Gustave retint un soupir. Il avait faim, soif, et était épuisé. Sa course dans Paris, l'attente inquiète, les différents défis, et cette dernière épreuve physique, l'avaient vidé. Il espéra très fort que la prochaine épreuve ne consisterait pas à sauter dans un cercle de feu en récitant les nombres premiers.

Il passa la porte de la salle suivante, l'œil aux aguets, le cou rentré dans les épaules. Qu'allaient-ils affronter ? Un chien enragé au bout d'une chaîne ? Une équation insoluble ?

Ils pénétrèrent dans un salon coquet. De larges fauteuils attendaient les candidats. Des rafraîchissements avaient été servis.

– Le test est terminé, déclara Louis Pasteur. Installez-vous confortablement, nous vous appellerons pour vous donner vos résultats.

Gustave se laissa tomber sur un siège. Une fois désaltéré, il ne put s'empêcher de repasser mentalement sa prestation. Il était loin d'avoir brillé. Il avait manqué son coup à l'exercice de la bouteille, triché au test écrit, et interprété à sa manière la consigne de l'épreuve de force. Le bilan n'était pas glorieux.

Il s'étonna d'être si déçu. Quelle sottise... il ne savait pas même pour quel emploi il postulait ! Il doutait même que cette société soit bien recommandable.

Un premier candidat fut appelé. Tout le monde le regarda quitter la pièce, se demandant quel serait son sort. Gustave croisa le regard du garçon au sourcil, qui lui adressa un sourire encourageant.

Les jeunes gens furent convoqués les uns après les autres. Bientôt, Gustave resta seul dans le salon. Dans l'immeuble désaffecté s'était levé un silence lugubre, qui s'accordait bien à l'état d'esprit du jeune homme. Enfin, Louis Pasteur passa la tête par la porte.

– Monsieur Eiffel, appela-t-il.

Gustave se leva d'un bond. Il s'attendait à rejoindre un bureau. Au lieu de quoi, Louis Pasteur le mena à un escalier de secours, sur la façade arrière de l'immeuble. Gustave s'étonna, puis comprit : on le raccompagnait dehors. Avec déception, il descendit les étroites marches métalliques. Arrivé en bas, sur le trottoir, Gustave tendit la main pour prendre congé. Mais

Louis Pasteur ouvrit la porte d'une cave. Les marches, plongées dans l'ombre, menaient aux sous-sols. Gustave leva un regard interrogateur. Louis Pasteur, d'un signe de la tête, l'invita à s'engager dans l'escalier. Au point où il en était, Gustave n'avait plus qu'à se plier. Il descendit la première marche. Louis Pasteur referma la porte derrière le jeune homme, sans l'accompagner.

Gustave fut aussitôt englouti par les ténèbres. Le pétrichor, cette odeur typique de terre mouillée, saturait l'air. Il serra les poings, ignorant le sentiment d'oppression qui étreignait sa poitrine : il détestait les lieux confinés. Il descendit une marche après l'autre, une main contre la paroi gluante, attentif à ne pas débarouler en bas de l'escalier.

Enfin, il aperçut une lueur. Au bout d'un corridor, sur une table, une lampe à huile brûlait. La flamme vacillante éclairait un inconnu. L'homme était atteint de nanisme. Il était assis sur une chaise haute, ajustée à sa taille. Sa peau et ses cheveux étaient si blancs que, dans la pénombre, ils semblaient diaphanes. Ses lunettes aux verres épais lui faisaient d'énormes yeux globuleux. Gustave s'approcha. Si la prochaine personne qu'on lui présentait dans cet immeuble était une femme à barbe, il ne serait pas surpris.

– Monsieur Eiffel, n'est-ce pas ? demanda le nain. Je vous félicite. Nous sommes très intéressés par la manière dont vous avez répondu aux défis que nous vous avons lancés, et nous serions heureux de vous compter dans nos rangs.

Gustave masqua son étonnement.

– Je vous remercie, répondit-il. Me sera-t-il enfin possible de connaître les activités de votre société ?

– Oui, oui, je me doute que vous avez beaucoup de questions. Vous pouvez m'appeler « mon ordinal ». Je suis le fondateur de la S.S.S.S.S.S. : la Société Super Secrète des Savants en Sciences Surnaturelles.

Gustave fronça les sourcils.

– Les sciences surnaturelles ? demanda-t-il.

– Tout à fait. Nous étudions les phénomènes paranormaux et protégeons le pays contre les créatures fantastiques qui le menacent.

Gustave regarda discrètement derrière lui. Il était le plus près de l'escalier. Au besoin, il pourrait facilement s'enfuir. Il espérait que la porte de la cave n'était pas fermée à clé.

– Je sais bien ce que vous pensez, poursuivit l'ordinal. Les sorcières, les lutins et les ogres sont bons pour les contes de grands-mères.

Gustave se retint d'approuver vigoureusement.

– Et pourtant, penchez-vous un moment sur les plus grands événements de notre Histoire, dit l'ordinal. Voyez, par exemple, l'incendie de Rome sous Néron, tel que les chroniques le décrivent. Enfin, soyons raisonnables : la quasi-intégralité de la ville qui brûle en une fois ? Des phénomènes jamais reproduits à ce jour, comme des tempêtes de flammes ? Clairement, la ville a été attaquée par un dragon ! Et je pourrais vous donner bien d'autres exemples. Les trois mille menhirs qui se dressent à Carnac ? Il s'agit d'une porte vers l'autre monde, par laquelle on invoque les démons. Et pensez un peu, Jeanne d'Arc qui entendait des voix ! Il est évident qu'elle était visitée par des ectoplasmes, ou je ne m'y connais pas.

Le jeune homme jeta un nouveau coup d'œil vers la sortie.

– Le dernier événement historique qui nous intéresse est la Révolution française, ajouta l'ordinal.

– Vous pensez que la prise de la Bastille a été provoquée par un Kraken qui a surgi de la Seine ? se permit Gustave.

– Enfin, jeune homme, que racontez-vous donc ? s'offusqua le petit homme. Il suffit de voir comment était administré le pays à l'époque pour comprendre qu'un soulèvement était imminent. Nulle créature surnaturelle n'a provoqué la Révolution française. Mais dans les années qui ont suivi, la France s'est retrouvée plongée dans un chaos politique, ajouta-t-il. Or, pendant des siècles, la royauté avait surveillé en secret les phénomènes paranormaux, et caché leur existence au peuple. Après la Révolution, le pouvoir en place s'est trouvé débordé. Aujourd'hui, la situation n'a pas changé. Les gouvernements se succèdent. La menace surnaturelle n'est plus, de loin, leur priorité. C'est pourquoi j'ai fondé cette Société. Je suis persuadé que la science est notre meilleure arme pour observer et affronter les créatures fantastiques. Nous recrutons de jeunes esprits scientifiques, et les formons à devenir des savanturiers : des combattants-chercheurs, à l'aise aussi bien dans un laboratoire que sur le champ de bataille.

Gustave se leva pour prendre congé. Il se faisait tard. Il avait perdu une journée à s'adonner aux épreuves farfelues d'un groupe de fous dangereux.

L'ordinal le toisa avec un sourire narquois.

– Je vois bien que vous ne me croyez pas.

Il poussa un soupir exagérément peiné.

– Très bien, vous ne me laissez pas le choix. Je suppose que vous avez besoin de voir pour croire. Eh bien ! jeune homme, approchez-vous, et admirez !

L'ordinal prit la lampe à huile et sauta de sa chaise. Il s'approcha d'une toute petite porte, haute d'à peine une demi-toise, creusée dans un des murs de la cave, et que Gustave n'avait pas encore aperçue. Il ouvrit le battant d'un geste magistral.

Malgré lui, Gustave se pencha et passa la tête dans l'entrebâillement. L'odeur de moisissure le saisit à la gorge. À la lueur de la lampe à huile, il scruta les ténèbres. Et ne vit rien. La porte donnait sur une série de galeries vides. Il se releva et interrogea l'ordinal du regard. Ce dernier jeta un œil par la porte et pesta. Il retourna à son bureau et agita une petite cloche.

Ils attendirent. Un silence embarrassant s'installa. Gustave avait plus que jamais envie de s'éclipser. Enfin, des pas résonnèrent derrière lui. Louis Pasteur les rejoignit.

– Oui ? demanda-t-il.

– Agent π ! s'exclama l'ordinal avec humeur. Où sont les farfadets ?

Louis secoua la tête.

– Nous observons les farfadets depuis des mois. Nos études montrent que ces créatures ont besoin d'isolement. Dans leur intérêt, nous avons décidé de limiter au maximum leurs interactions avec le monde humain.

L'ordinal répliqua qu'en l'absence de farfadets, il manquait son effet, lors des recrutements. Louis haussa les épaules et rétorqua qu'il était homme de sciences, et non amuseur de foules, et que les farfadets n'étaient pas des animaux de foire.

Gustave les laissa débattre. Il n'allait pas perdre plus de temps au fond d'une cave, en compagnie de deux allumés. Il recula discrètement vers les marches. Comme il se retournait, il faillit buter sur quelque chose. Un animal ?

La créature mesurait environ quinze pouces. On aurait dit un être humain miniature, qui aurait été démantelé et mal ressoudé. Elle était nue, avec de petites soies grises sur la peau, comme les porcelets. Gustave s'appuya contre la paroi humide de la cave. C'était sans doute un enfant atteint d'une malformation congénitale. Ou alors un pygmée. Gustave avait lu quelque chose, quelque part, sur les pygmées.

À ce moment-là, un deuxième farfadet, pardon, pygmée, apparut. Et il se matérialisa dans l'air. Un instant, l'espace devant les souliers de Gustave était vide. La seconde d'après, une flaque sombre poignit, leva et prit la forme d'une seconde créature.

Les deux bestioles échangèrent un trille de notes stridulantes. Puis, ensemble, elles disparurent. Le phénomène de téléportation dont Gustave avait été témoin se produisit à nouveau :

les pygmées eurent l'air de fondre en une petite flaque, qui s'évapora, et soudain il n'y avait plus personne à ses pieds.

Gustave se retourna. L'ordinal arborait un sourire triomphant. Louis Pasteur grommela après Gustave, qui venait d'effrayer ses farfadets.

– Bien, et maintenant, que diriez-vous de visiter nos locaux ? proposa l'ordinal.

Gustave, lentement, acquiesça.

Il suivit l'ordinal et Louis Pasteur hors de l'immeuble. Ils quittèrent les quais de Seine, prirent le passage de la Fonderie et traversèrent la rue de la Clé. Gustave était perdu dans ses pensées, fort occupé à digérer l'apparition des farfadets, et à reconsidérer les propos délirants du petit homme. Ils tournèrent rue du Pot-de-Fer, et pénétrèrent dans le jardin du Luxembourg. Là, l'ordinal conduisit Gustave sur une pelouse reculée. Derrière des buissons mal entretenus, à l'abri du regard des promeneurs, se trouvait une statue de Minerve. La déesse tenait une chouette dans une main, une lance dans l'autre. Louis Pasteur sauta sur le socle. Il appuya sur la tête de la chouette. Un déclic se fit entendre. Il inclina la lance de Minerve. Une des faces du socle s'ouvrit, révélant un passage souterrain.

L'escalier s'enfonçait profondément. En bas, une large porte en fer les attendait. Au-dessus, dans la pierre, était gravée la devise : *Ratio omnia vincit*. Louis Pasteur souleva le heurtoir. Un étroit panneau s'ouvrit dans la porte, et deux yeux apparurent. Une voix demanda :

– Quelle est la somme de tous les chiffres de 1 à 1000 ?

Louis Pasteur réfléchit quelques secondes, et répondit :

– 500 500.

La porte s'ouvrit.

– On ne peut entrer qu'en donnant le mot de passe, expliqua l'ordinal. Celui-ci change à chaque fois, au gré des humeurs de notre portier.

Ils traversèrent un couloir dallé. Les parois rocheuses étaient soutenues par des armatures de fer. Grâce à l'éclairage au gaz, il y faisait presque aussi clair qu'à la surface de la Terre.

– La salle de réception, où travaillent les transcriptes, annonça l'ordinal en passant devant un bureau.

Par une porte entrouverte, Gustave aperçut cinq agents. Chacun devant leur récepteur, un cornet sur l'oreille, ils écoutaient le crépitement du morse, qu'ils traduisaient sur des petites fiches.

– Le gymnase, poursuivit l'ordinal en désignant la salle suivante.

Derrière une baie vitrée, un groupe d'hommes répétaient des mouvements de lutte sous la direction d'un entraîneur.

– Notre Société classe ses membres selon différents grades, expliqua l'ordinal. Les jeunes recrues intègrent d'abord le groupe des décimaux. Elles suivent un entraînement exigeant. Un classement permet d'évaluer leurs progrès. Les meilleurs d'entre eux deviennent des centésimaux, puis des millésimaux. Enfin, notre Société forme également des agents spéciaux, qui travaillent sur un domaine spécifique de recherche, comme l'agent π, conclut l'ordinal en désignant Louis Pasteur.

– Quelle est votre spécialité ? demanda poliment Gustave à ce dernier.

– La vaccination des créatures métamorphes, répondit Louis Pasteur.

Le jeune homme n'osa demander ce que cela signifiait.

– Nous arrivons aux laboratoires, dit l'ordinal.

Ils passaient maintenant devant une série de grandes salles fermées. Sous une des portes, un nuage de couleur suspecte, à l'odeur fortement chimique, se déversait. L'ordinal le contourna sans s'arrêter. La porte suivante jaillit presque hors du chambranle, comme sous le coup d'une déflagration, puis rentra dans ses gonds.

– Nos savanturiers consacrent une partie de leur temps à leurs recherches, expliqua l'ordinal. Ils créent des armes ou des machines qui pourraient nous être utiles au combat.

Derrière une des portes, un bruit de verre brisé retentit, suivi d'un juron.

– Enfin, disons qu'ils essayent, ajouta Louis Pasteur.

Un agent affairé les dépassa. Il salua l'ordinal et Louis Pasteur, et entra dans un des laboratoires, oubliant de refermer derrière lui. Gustave, curieux, jeta un œil dans la pièce. Plusieurs savants s'affairaient autour d'une énorme cuve en verre remplie d'eau. Un homme se tenait debout sur une passerelle au-dessus de cet aquarium géant. Il portait une combinaison en caoutchouc. Un collègue lui vissa un scaphandre sur la tête. Des deux côtés du casque sortaient des tuyaux, reliés à un appareil grand comme un buffet. Le collègue donna de vigoureux coups de pompe et l'appareil se mit à vibrer. Le scaphandrier enfila l'engin sur son dos, et leva le pouce en direction de ses collègues.

Vaillamment, il sauta dans la cuve. Hélas, à peine avait-il coulé tout au fond, qu'un tourbillon de bulles s'échappa de son casque. Le pauvre scaphandrier se mit à agiter les bras en signe de détresse, tandis que les savanturiers couraient le tirer de là, faisant gicler l'eau partout dans le laboratoire.

– Passons, passons, dit l'ordinal d'un ton embarrassé. Nous sommes arrivés.

Ils s'arrêtèrent devant une dernière porte.

– Mon laboratoire, dit Louis Pasteur en les invitant à entrer.

Ils pénétrèrent dans une pièce immense. Sur les murs, des centaines de fioles soigneusement étiquetées s'alignaient. Dans les coins s'empilaient des carnets, livres et feuilles volantes. Les paillasses disparaissaient sous les fourneaux, les ballons à distiller, les coupelles et pipettes. Gustave eut le regard attiré par un étrange instrument. De loin, on aurait dit un petit gourdin en fonte. Le métal était imbibé de taches indélébiles. Gustave se pencha vers ce curieux objet. Dans la forme métallique toute cabossée, il finit par reconnaître un ancien microscope. Un frisson traversa sa nuque. Il venait de comprendre que l'étonnante rouillure de la fonte provenait de taches de sang. Il se retourna vers Louis Pasteur, vaguement angoissé.

Le chimiste tenait une arbalète. Avant que le jeune homme ait eu le temps de réagir, Louis pointa l'arme vers la poitrine de Gustave, et tira à bout portant.

Alliage du chapitre 2

17 % d'inox,
36 % d'aluminium,
47 % de choix décisifs

Gustave baissa les yeux vers sa poitrine, s'attendant à y trouver une flèche enfoncée. Il réalisa qu'il n'était pas mort. Une seringue était fichée dans son abdomen. Gustave la retira. La pointe fine s'était enfoncée si proprement qu'il ne saignait pas. La seringue s'était vidée de son contenu.

– Que m'avez-vous injecté ? demanda-t-il avec moins de calme dans la voix qu'il ne l'aurait souhaité.

– Un sérum de ma fabrication, répondit Louis avec cette fierté bien naturelle des grands inventeurs.

Et comme si cela était le plus urgent, il entreprit de nettoyer la seringue à l'alcool, avant d'huiler et ranger son arbalète. Gustave restait les bras ballants, ne sachant s'il devait paniquer, s'énerver, ou interroger le chimiste.

Son petit ménage terminé, Louis Pasteur reprit :

– Il s'agit d'un composé de phéromones synthétiques. Il m'a fallu des années pour le mettre au point. Les molécules effacent la mémoire immédiate. Le sérum agit pendant le sommeil. Le patient va se coucher et, pendant la nuit, les souvenirs de la journée précédente, qui devraient normalement être classés et archivés dans la mémoire à long terme, sont effacés. À dire vrai, ce sérum est encore perfectible. Il n'est pas rare que des images resurgissent, des souvenirs vagues et flous. Mais le patient les prend le plus souvent pour des rêves ou des hallucinations sans importance.

Gustave sentit l'angoisse le gagner. Pourquoi voulait-on qu'il oublie cette journée ?

– Vous venez de découvrir l'existence du règne surnaturel, continua Louis. Si vous rejoignez nos rangs, vous croiserez des créatures bien pires que les farfadets. Vous affronterez des goules avides de chair humaine, des hécatonchires et des amphisbènes, des esprits de l'Apocalypse...

– Et des écrivains romantiques, ajouta l'ordinal. La moitié d'entre eux sont possédés par le démon.

– Vous risquerez souvent votre vie, conclut Louis Pasteur. Vous officierez clandestinement et mentirez à vos proches. Ce n'est pas une décision à prendre à la légère. C'est pourquoi je vous laisse un choix.

Louis se retourna, prit une petite boîte en bois, qu'il ouvrit. Elle contenait une seconde seringue. Par réflexe, Gustave s'éloigna, de peur que Pasteur ne lui plante une nouvelle aiguille dans le corps. Le chimiste lui tendit la boîte.

– Voici un antidote au sérum que je vous ai injecté, dit-il. Rentrez chez vous. Réfléchissez à la vie que vous souhaitez mener. Pesez le pour et le contre. Si vous décidez, malgré les risques, de collaborer avec nous, injectez-vous le contenu de cette seringue. Le sérum que vous avez dans l'organisme sera alors neutralisé, et vos souvenirs resteront intacts. Mais si vous choisissez un avenir plus paisible, parmi le commun des hommes, jetez la seringue aux ordures. Allez vous coucher, et demain matin, vous aurez tout oublié.

Gustave prit la boîte. Il était charrué de sentiments contradictoires. Finalement, la seule chose qu'il trouva à dire fut celle-ci :

– Vous auriez pu me prévenir, et m'inoculer le sérum dans le bras, plutôt que de me viser à bout portant avec une arbalète.

– C'est vrai, répondit Pasteur. J'ai cédé au plaisir d'un bel effet dramatique.

Gustave n'aurait su dire si le savant plaisantait, ou s'il était sérieux. L'ordinal hocha la tête avec approbation. Dans une société secrète, on devait jouer le jeu.

Gustave quitta les locaux souterrains. Dans le laboratoire, l'ordinal abandonna son sourire affable.

– Vous êtes toujours aussi sûr de votre choix ? demanda le petit homme à Louis Pasteur. Il n'a pas le profil des jeunes gens que nous recrutons habituellement. Il semble un peu… timoré.

– Je reconnais qu'il ne paye pas de mine. Mais il est observateur, malin et tenace. Et surtout, il a une qualité qui fait malheureusement souvent défaut à nos agents : le sens du travail en équipe.

– Et s'il ne revient pas ?

– Il reviendra, déclara Louis Pasteur.

*

Dans sa mansarde à la Goutte d'Or, Gustave s'assit sur son lit, encore hébété. Il se passa la main sur le visage, comme pour en chasser la fatigue. Il considéra sa chambre vétuste. Certes, le logement était modeste, mais il n'était pas désagréable de se retrouver au calme, dans son petit chez-soi. Qu'allait-il s'embarquer dans une société secrète qui prétendait combattre des gorgones ? Ce projet abracadabrant n'était pas pour lui.

Il eut une pensée pour sa famille. Les visages inquiets de sa mère et sa sœur surgirent devant ses yeux. Comment envisager de leur cacher ses activités, de mentir constamment ? Sa mère, si fière de son fils ingénieur, se rongerait les sangs si elle savait que Gustave risquait sa vie.

Il était fait pour travailler dans un atelier de sidérurgie, se marier, élever ses enfants. Il continuerait à postuler et finirait bien par trouver un poste. Mal payé, sans doute, mais il trimerait dur et se ferait des relations. Peu à peu, on lui confierait des chantiers. Il construirait des ponts, des gares, des viaducs ou des coupoles, à Nice, Orléans, Paris, partout en France, peut-être même à l'étranger. Et pourquoi pas, un jour, bâtir une tour ?

Une très haute tour, dont il serait si fier, qu'il la baptiserait « la tour Gustave » ? Voilà qui ferait une belle carrière, raisonnable et paisible.

Et puis, il fallait être réaliste. Il avait réussi de justesse le test de recrutement. Il s'étonnait encore d'avoir été retenu. Il n'avait pas le talent ou la force de Louis Pasteur, ni la carrure des jeunes gens qu'il avait aperçus dans le gymnase de la société. Il était évident qu'il ne faisait pas le poids.

Gustave se leva et vida le contenu de l'antidote dans le seau des eaux usées. Il écrasa la seringue et la jeta. Puis il alla se coucher. Il avait pris la bonne décision. Demain, le sérum aurait agi, et il aurait tout oublié. Il reprendrait une vie tranquille, sans rencontres abracadabrantes. Gustave ferma les yeux et s'endormit d'un sommeil de plomb.

*

Lorsque le jeune homme rouvrit les yeux, la matinée était déjà bien entamée. Les rayons de soleil entraient à flots par la lucarne, dorés et brillants comme la fonte liquide qui s'écoule hors du cubilot. Gustave s'étira paresseusement. Il était affamé. Il se leva et fouilla le buffet à la recherche d'un reste de pain. Il dénicha un quignon, qu'il avala debout, une tasse de café fumant dans une main. Il se frotta les yeux. Il se sentait bien. Quel jour était-on aujourd'hui ?

Soudain, les événements de la veille refirent surface, avec vivacité. L'annonce cryptée, les épreuves excentriques, Louis Pasteur, les farfadets, les locaux souterrains… Il secoua la tête. Tous ces souvenirs s'agençaient dans sa mémoire, frais et nets. Le sérum n'avait pas agi.

Gustave, perplexe, fit un brin de toilette et s'habilla. Pour se clarifier les idées, il sortit prendre l'air. Au fond, que le sérum ait ou non fonctionné n'avait aucune importance. Il n'avait qu'à faire comme si de rien n'était, reprendre son train-train quotidien, et prétendre que la journée d'hier n'avait jamais eu lieu.

Il acheta le journal et s'assit sur un banc. Parmi les annonces, il repéra une offre de stage dans un haut-fourneau de Châtillon. Le poste n'était pas rémunéré, et la manufacture se situait un peu loin de la capitale. Mais il fallait bien commencer quelque part.

Malgré lui, il jeta un œil à la page des annonces diverses, pour voir si le message de la S.S.S.S.S.S. y figurait encore. L'offre n'avait pas été repostée. Il reposa le journal.

Autour de lui, les Parisiens se carapataient, l'air industrieux. Ils carburaient, un panier sous le bras, un fagot sur le dos, un œil sur la montre, centrés sur leurs petites affaires. Toute leur vie, ils turbineraient ainsi, tournant toujours autour du même axe, sans explorer la mécanique qui actionnait leur monde.

En regardant ces passants pressés, ignorant tout du monde surnaturel tapi derrière leur quotidien, Gustave sentit monter un regret poignant. Il repensa à cette étrange société secrète, à peine entraperçue. Il avait laissé filer sa chance de faire des découvertes extraordinaires.

Un enfant longeait le trottoir, s'arrêtant à chaque trou de la chaussée pour fourrer le nez dedans, dans l'espoir sans doute d'y trouver des merveilles. Sa mère, agacée, le tira par la manche, lui intimant de ne pas être en retard à l'école, d'écouter attentivement les leçons, et de rentrer à la maison sans détour à la fin de la journée.

Gustave réalisa qu'il avait agi par peur. À peine avait-il soulevé un pan du rideau qui masquait un monde étranger, qu'il s'était aussitôt détourné pour revenir à ses petites habitudes. Il avait chassé le grain de sable qui s'était glissé dans l'engrenage, et préféré suivre le mouvement de rotation que le moteur imposait à tous les rouages.

Au fond, sans oser se l'avouer, Gustave rêvait de vivre des aventures. Ce matin, reposé, le ventre plein, il se sentait d'attaque à pister des monstres et faire tournoyer une épée au-dessus de sa tête.

Certes, il n'était peut-être pas très fort. Il ne savait pas résoudre deux problèmes complexes en même temps, ou soulever des poids de deux cents kilos. Mais il ferait de son mieux, sans se décourager.

Gustave s'enhardissait, et en lui s'échafaudaient les fondations d'une nouvelle résolution. Sa détermination s'érigeait, brique après brique, toujours plus haute et plus solide. Il rejoindrait la S.S.S.S.S.S. et, lui aussi, apporterait sa pierre à l'édifice.

Il héla un fiacre et demanda au cocher de le déposer devant le jardin du Luxembourg. Dans le parc, il retrouva la statue de Minerve, actionna les deux leviers. Il descendit l'escalier, toqua à la porte, décoda le mot de passe. Il longea le couloir, dépassa le gymnase, et sans briser l'élan qui l'avait halé jusque-là, il entra dans le laboratoire de Louis Pasteur. Là, il déclara tout de go :

– Il ne marche pas, votre sérum.

Louis Pasteur repoussa son microscope et regarda Gustave.

– Évidemment, dit le savant. Comme s'il était possible d'inventer une potion qui efface les souvenirs !

Gustave se sentit incroyablement bête.

– Mais, alors…

– Alors, continua Louis Pasteur, il n'y a pas de sérum ni d'antidote, ce sont deux placebos.

– Mais comment faites-vous pour ne pas ébruiter l'existence de la Société ?

– Nous organisons peu de sessions de recrutement, et rares sont les jeunes gens qui réussissent nos épreuves. L'année dernière, seul un jeune homme avait retenu notre attention. Je lui ai donné l'antidote, puis je ne l'ai jamais revu. Or nous nous sommes recroisés par hasard il y a quelques mois, lors d'un colloque. Il m'a serré la main comme s'il me voyait pour la première fois, sans se troubler le moins du monde. Je pense qu'il m'avait réellement oublié. Notre cerveau est un organe fascinant. Il n'était pas prêt à accepter les vérités que nous lui avions dévoilées. Il s'est convaincu que le sérum allait agir, et son cortex a fait le reste.

Louis Pasteur se leva.

– Et figurez-vous que vous êtes la première personne que nous recrutons qui vient m'informer de l'inefficacité de mon sérum, ajouta-t-il.

Gustave se sentit si embarrassé qu'il eut la sensation de perdre quelques centimètres. Il imagina les précédentes recrues qui, aussitôt leur décision prise, s'étaient injecté fermement l'antidote, avec une volonté inébranlable. Ces gens-là n'avaient pas tergiversé. Ils s'étaient lancés sans un moment d'hésitation.

– N'allez pas croire que vous êtes le premier à avoir eu ce moment de recul, ajouta Louis comme s'il lisait dans ses pensées. Si vous voulez mon avis, plusieurs de nos hommes ont jeté l'antidote, puis ont changé d'avis... Simplement, ils ont gardé pour eux ce moment de faiblesse, et ne sont donc jamais venus m'avouer que le sérum ne marchait pas.

Sans lui laisser le loisir de méditer plus longuement ce sujet, Louis Pasteur enjoignit à Gustave de le suivre. Le jeune homme commencerait dès aujourd'hui son entraînement, sous le grade de décimal. À ces mots, Gustave sentit un frisson d'excitation. Voilà ses aventures qui débutaient. Il faudrait qu'il se montre à la hauteur.

Dans le gymnase, plusieurs décimaux attendaient le début du cours en s'étirant. Tous avaient l'allure athlétique des jeunes gens rompus aux exercices. La plupart dépassaient Gustave d'une bonne tête. Trois d'entre eux, des grands gaillards tout en muscles, se congratulaient en tâtant mutuellement leurs biceps. Dans un coin, Gustave reconnut le garçon au sourcil qui avait passé le test de recrutement avec lui. Il lui fit un signe de la main, soulagé de retrouver un visage familier.

Louis Pasteur, d'une voix forte, s'adressa au groupe :

– Décimaux ! Je vous présente deux nouvelles recrues. Je compte sur vous pour les accompagner pendant leurs premières semaines dans nos locaux.

Les décimaux dévisagèrent froidement les deux arrivants, avant de retourner à leurs étirements. Sans relever cet accueil peu engageant, Louis Pasteur poursuivit :

– Avant que votre entraînement ne commence, je prendrai un peu de votre temps pour vous transmettre une leçon.

Les jeunes gens se redressèrent avec attention.

– Cette leçon porte sur le respect des consignes de sécurité, ajouta le chimiste.

Les décimaux relâchèrent légèrement leur écoute. Voilà qu'on allait les barbifier avec d'ennuyeux conseils sur le port obligatoire de protections.

– Dans notre Société, déclara Louis Pasteur, les agents ont une fâcheuse tendance à jouer les cobayes. Ils essayent eux-mêmes leurs scaphandriers, boivent leurs philtres ou s'injectent des vaccins à tout-va.

Le discours de Louis fut interrompu par un cri, qui retentit hors du gymnase. Gustave se tourna vers la baie vitrée. Un agent, voulant tester un prototype d'aile volante, avait sauté depuis la balustrade. Il s'était écrasé à plat ventre sur le sol, au milieu d'un amas de planches brisées et de toiles déchiquetées. Il se releva en titubant, et considéra avec surprise son coude plié en un angle peu naturel. Louis Pasteur se passa lentement la main sur le front.

– Au vu de ces pratiques inconsidérées et bien trop fréquentes, nous avons décidé de prendre des mesures de sanction, poursuivit-il. Celles-ci vous seront présentées par M. Galvanier, autrefois agent ≈. Ce membre respectable de notre Société a pris une retraite anticipée il y a déjà quelques années.

Louis Pasteur tourna la tête vers la porte. Un homme aux cheveux blanchissants entra. Il avait un crochet à la place de la main. C'était déjà assez mauvais signe. Mais c'était loin d'être le pire. Ses yeux semblaient curieusement mobiles. Les pupilles giraient dans leur orbite comme un roulement à billes enrayé.

– Bien le bonjour, monsieur Galvanier, dit Louis Pasteur.

– Bonjour, agent π ! Comment allaitez-vous ? répondit le vieillard.

Gustave se frotta les oreilles.

– Monsieur Galvanier, je vous ai fait venir pour que vous sensibilisiez ces jeunes gens au respect des consignes de sécurité.

– Ah ! les conciles de sécurité ! s'exclama le vieil homme. Bien, bien ! Les seigles à respecter sont très souples. N'obliquez pas de porter des prospections : des linottes, des gonds, une bouse ou un sablier. Poncez à vous lover les nains en sortant du labrador. Vitrifiez que le matériel n'est pas casé ou arrimé. Bien dur, les expériences doivent être lestées sur des cow-boys, et non vous-mimes.

Louis Pasteur laissa le barbon dérouler son amphigouri pendant dix minutes encore. Plus l'ancien agent babillait, plus sa parole clopinait, butant sur les mots et déployant un verbe bistourné et confus. À la fin, il s'était tellement embabouiné dans son discours que les phrases fusaient de sa bouche à toute volée, mutilées, bancroches, comme un mécanisme dont les soupapes s'affolent.

Le regard du vieil homme trahissait son angoisse devant ce flot de vocables qui débordait de son gosier sans qu'il puisse l'arrêter. Gustave eut pitié de lui. Dans le groupe des décimaux, les trois grands mastards se poussaient du coude, ricanant discrètement. Enfin, Louis Pasteur posa une main sur l'épaule du vieillard, qui parvint à ralentir la cadence et se calmer, et se laissa reconduire à la porte.

– Je pense que cette présentation était éclairante, et qu'elle suffit amplement à vous faire prendre conscience des dangers d'une expérimentation qui ne respecte pas les protocoles de sécurité, conclut le chimiste. M. Galvanier, il me semble, en est la preuve incarnée.

Et, sans plus d'explications, Louis Pasteur quitta le gymnase, plantant là les décimaux.

Gustave en profita pour se rapprocher du jeune homme au sourcil.

– Je vois que vous avez réussi le test de recrutement, lui dit-il. Bravo ! Je m'appelle Gustave Eiffel.

– Nobel, répondit le jeune homme avec un léger accent, Alfred Nobel. Enchanté de faire votre connaissance !

Ce dernier était d'origine suédoise. Les deux jeunes gens n'eurent pas le temps de poursuivre leurs civilités, car un nouvel agent entra. Lui avait le regard vif et le cerveau parfaitement fonctionnel. C'était l'entraîneur. Il salua Gustave et Alfred, et les conduisit près d'un panneau d'affichage à l'entrée du gymnase. Il désigna une liste de noms gravés sur des plaquettes de bois.

– Vous débutez aujourd'hui dans la Société en tant que décimaux, expliqua l'entraîneur en désignant deux plaquettes, notées *Gustave E.* et *Alfred N.* Durant votre entraînement, comme vos camarades, vous serez classés. Ce classement se fonde sur votre réussite aux cours de tir et aux duels, et sur vos éventuelles recherches dans nos laboratoires.

Gustave contempla le palmarès. Les trois décimaux baraqués lui adressèrent un sourire sardonique. Le jeune homme devina que c'était leurs trois noms qui paradaient en haut de la liste. Bien décidé à ne pas se laisser impressionner, il les rebaptisa pour lui-même Goliath, Gargantua et Golem.

– Le classement est constamment remis à jour, poursuivit l'entraîneur. Il vous permet de vous évaluer. C'est aussi une bonne émulation.

Gustave osa demander :

– Et que se passe-t-il si on reste en bas du classement ?

L'entraîneur prit un air embarrassé :

– Votre rang nous aide à choisir vos affectations. Il y a beaucoup de tâches pour les recrues moins... aptes. Il faut tenir les registres à jour et ranger la bibliothèque, préparer les laboratoires et faire le ménage... Mais trêve de bavardages. Au travail.

L'entraîneur alla au centre du gymnase. Les décimaux se mirent en ligne devant lui. Gustave retira son veston et se plaça dans le fond, avec Alfred. L'entraîneur effectua un enchaînement d'attaques et parades de lutte, que les décimaux devaient reproduire le plus fidèlement possible. Tout en décomposant le mouvement, l'agent multipliait les conseils :

– Le pied suit une trajectoire elliptique conforme à la loi des aires de Kepler. L'angle entre le pied et la jambe reste supérieur à $\frac{2\pi}{3}$. Oui, voilà, c'est bien. Lorsque vous effectuez une rotation, attention au risque de précession de l'axe.

Gustave manqua de tomber en effectuant un coup en balayage avec la jambe. L'entraîneur le moucha d'un froncement de sourcil. Embarrassé, Gustave se releva et murmura à Alfred avec un petit rire : « Il ne faut pas que je *métal* ! ». Ce calembour était si mauvais qu'Alfred faillit en perdre l'équilibre à son tour.

Les jeunes gens s'exercèrent toute la matinée. Gustave termina sur les rotatives. Les décimaux, bien exercés, suivaient les mouvements en rythme, comme des rouages bien huilés. Par comparaison, Gustave se sentait tout déglingué. Quand il quitta le gymnase, son nom figurait tout en bas du classement, juste après celui d'Alfred. Le jeune homme jeta un dernier coup d'œil au panneau, et se promit de remonter dans la liste.

*

À la fin du mois d'août, Gustave empaqueta les quelques effets qu'il possédait et quitta son logement à la Goutte d'Or. Il grimaça en descendant sa malle dans les escaliers. Son corps, moulu par l'entraînement drastique qu'il subissait chaque matin, était tout courbaturé.

Il quitta l'immeuble sous le regard peu amène de la concierge. Il faut dire qu'il devait déjà trois mois de loyer lorsqu'il avait enfin osé s'ouvrir de ses difficultés financières auprès de Louis Pasteur. Tout rougissant, tournant mille fois autour du pignon sous le regard agacé du savant, Gustave avait fini par avouer ses dettes. Pasteur avait vaguement hoché la tête d'un air compatissant, puis était aussitôt retourné à son microscope. Gustave avait regagné le gymnase sans insister davantage. Contre toute attente, trois jours plus tard, Louis lui avait tendu la clé de son nouveau logement de fonction, en ajoutant que les loyers impayés à la Goutte d'Or étaient réglés.

Gustave sauta en bas du fiacre. Il se trouvait quai des Orfèvres, au pied de l'immeuble où il avait passé le test de recrutement. Ces lieux désaffectés avaient été découverts par un agent spécialisé dans l'étude des farfadets, lors d'une mission de reconnaissance. La bâtisse, insalubre, n'était plus habitée. Elle serait rasée par le préfet Haussmann d'ici la fin de l'année. En attendant sa destruction prochaine, l'immeuble avait été annexé fort illégalement par la Société. Il servait, au besoin, de poste d'observation des farfadets, de centre d'examen lors des sessions de recrutement… ou de logement de fortune pour les décimaux besogneux.

Gustave ouvrit la porte de sa nouvelle chambre. Elle était encore plus petite que celle qu'il venait de quitter, et nettement plus sordide. Les vitres embuées laissaient mal passer le jour. Les murs suintaient. Depuis la Seine montaient des miasmes corrompus, qui laissaient partout une trace humide. Gustave soupira. Au moins, le logement était calme.

À ce moment-là, le jeune homme entendit gratter à la porte. Qui donc irait racler contre le battant, au lieu de toquer ? Gustave se demanda s'il était possible qu'une délégation de farfadets l'attende de l'autre côté pour lui souhaiter la bienvenue. Courageusement, il se décida à ouvrir.

Heureusement, la personne qui se tenait derrière la porte était bien humaine. Malheureusement, c'était M. Galvanier, l'agent fou avec un crochet à la place de la main. Le vieillard le salua gaiement et se lança dans un de ces babils disloqués dont il était coutumier. Gustave finit par comprendre que l'ancien agent était lui aussi logé dans l'immeuble.

Gustave était bien décidé à se montrer courtois avec ses nouveaux voisins, fussent-ils à moitié fous ou membres du règne surnaturel. Il invita donc le vieillard à fumer la pipe chez lui.

– Avec saisir, jaune âme ! s'exclama Galvanier, les yeux brillants de reconnaissance.

Gustave courut dans le salon sommaire où il avait patienté à la fin du test de recrutement, et en ramena un fauteuil pour son invité. Il l'aida à s'installer confortablement. Il lui proposa différents tabacs et lui bourra sa pipe, car l'agent aurait sans doute été bien embarrassé avec une seule main valide. Lorsque Gustave frotta une allumette, Galvanier s'enfiévra :

– Le feu ! le feu !

Il s'engouffra dans un nouveau soliloque dégingandé. Gustave tenta de recentrer la conversation. Il était curieux de savoir comment Galvanier avait perdu la main et la tête.

– Je traversais sur l'électricité, expliqua finalement le vieil homme. Je m'intercédais particulièrement à l'électricité amirale.

– L'électricité amirale ? demanda Gustave.

– Oui ! De nombreux amiraux vénèrent de l'électricité, comme l'aiguille, par exemple. Je soulais comprendre comment le fluide électrique agit sur les âtres rivants. Je minais des expériences sur les bredouilles. J'avais découvert que leurs Suisses se contactaient si on reniait les serfs et le muscle avec deux manteaux différents.

À force de traduction, Gustave finit par comprendre que Galvanier avait cru trouver le secret de la vie dans l'électricité. Le savant avait étudié l'action du courant transmis par les métaux sur les muscles de la grenouille. Il était fasciné par la manière dont les fibres se contractaient, même après la mort de l'animal. Galvanier avait donc fabriqué un énorme générateur et, sans délibérer plus avant, il en avait saisi la poignée métallique. Il espérait que le courant lui apporterait une force vive. La décharge électrique lui avait grillé quelques neurones, et il y avait laissé la main. La S.S.S.S.S.S. le gardait dans ses rangs, car il était incapable de prendre soin de lui.

Longtemps après le départ de son nouveau voisin, Gustave repensa au destin de Galvanier. Le vieil agent était loin d'être le seul éclopé à la S.S.S.S.S.S. Dans les locaux souterrains, Gustave croisait parfois des savanturiers éborgnés, ou raccourcis. La voie qu'il avait choisie était loin d'être de tout repos. Mais désormais, il n'était plus question de faire machine arrière.

Alliage du chapitre 3

60 % d'acier,
10 % de chrome,
30 % d'un entraînement fort astreignant

Au bout de plusieurs semaines d'un endurcissement drastique sous la houlette de leur entraîneur, Gustave et Alfred furent conviés au cours de maniement des armes. Gustave passa la porte du gymnase avec une certaine appréhension. Il s'attendait à avoir pour professeur un autre fort des Halles, avec des poings épais comme des rouleaux compresseurs. Au lieu de quoi, c'est une femme qui les accueillit.

Et quelle femme ! Ses cheveux blonds, simplement noués sur la nuque, tranchaient sur le cuir noir de son plastron. Une longue jupe fendue, comme en portent les femmes qui montent en amazone, dévoilait des jambes fines, audacieusement moulées dans un collant sombre. Sa démarche, souple et très sûre, laisser deviner une rapidité redoutable, et une puissance de frappe manifeste, malgré son petit gabarit.

– Je suis l'agent ≥, dit-elle aux deux nouveaux. Mais appelez-moi simplement Constance.

Gustave acquiesça vivement et Alfred balbutia un remerciement.

La jeune femme annonça un entraînement au tir. Elle désigna une cible en bois accrochée à un des murs, les invita à prendre une arbalète sur le râtelier et tirer à tour de rôle. Les décimaux maniaient leur arme avec aisance. Ils passèrent l'un après l'autre. Ils n'atteignaient pas le cœur de la cible, mais visaient toujours juste et près du centre. Gustave sentit sa nervosité monter.

Alfred Nobel tira à leur suite et parvint à toucher la cible. C'était au tour de Gustave.

Il se plaça devant la ligne de démarcation au sol. Il se mit en position, suivant attentivement les conseils de Constance. Il fixa le cœur de la cible et approcha le doigt de la gâchette.

La présence de ses camarades alentour lui brûlait le dos. Il percevait toutes ces humeurs juste derrière ses épaules : l'impatience et l'hostilité des uns, l'indifférence des autres, leur attente narquoise ou inquiète.

Il tira. La flèche passa à dix bons centimètres de la cible. Sans les voir, Gustave devina les sourires moqueurs de ses camarades. Honteux, il prit un second carreau et tira à nouveau. La flèche érafla le bord du cercle en bois. Il refusait d'en rester là. Il voulait absolument toucher la cible. Peut-être aurait-il plus de chance en changeant d'arme ? Il choisit une autre arbalète sur le râtelier, un peu plus légère. Il tendit le bras. Après une longue inspiration, il tira.

La flèche dessina mollement un petit arc de cercle, avant d'atterrir presque à ses pieds. Cette fois, les rires fusèrent.

Les joues de Gustave s'empourprèrent aussi vivement qu'un métal chauffé au rouge. Pour se donner contenance, il observa son arbalète sous toutes ses molettes. Constance s'approcha.

– L'arme est défectueuse, expliqua Gustave. Le rail est en acier à ressort. C'est un matériau qui nécessite un bon affinage. Si on décarbure trop, il perd sa ductilité. Il vibre alors sous la pression, et finit par s'enrayer. On voit bien, ici, la criqûre à l'entrée du couloir. L'entaille grippe la pointe de la flèche, et ralentit sa poussée.

La jeune femme tendit la main. Gustave lui donna l'arbalète, certain qu'elle allait la mettre à part pour la faire réparer. Au lieu de quoi, elle se plaça devant la cible, un pied derrière la ligne. Ses yeux brillèrent d'un éclat vif, qui trahissait une concentration aiguë. Elle leva le bras droit, et prit un temps assez long pour viser. En même temps, elle approcha sa main gauche, la paume tournée vers le ciel, et la plaça juste sous l'arbalète, mais sans la toucher. Gustave se demanda ce qu'elle fabriquait.

La jeune femme tira. Au moment où elle pressait la détente, elle donna, du plat de la main, une tape légère sous l'arbrier. Ainsi, à la seconde où la flèche passait dans le couloir, avec une rapidité phénoménale, elle guida le trait, palliant le grippage. Son buste et son bras droit étaient si tendus que, pendant cette manœuvre, ils ne bougèrent pas d'un millimètre : l'arme ne dévia pas de son couloir de visée. La flèche partit, fila, et se ficha bien nette dans le bois.

– Vous avez raison, dit-elle en reposant l'arbalète, le rail est mal usiné. Mais ce n'est pas l'arme qui fait le combattant, ajouta-t-elle en s'adressant aux décimaux. Un bon guerrier se débrouille avec ce qu'il a.

Les jeunes gens opinèrent, bouche bée.

Après l'entraînement, Alfred lui glissa à l'oreille :

– Il paraît qu'elle n'a jamais été vaincue en duel. On raconte aussi que, lors d'une mission, elle est tombée au fond d'un puits en même temps qu'un orque. Elle avait lâché son épée et n'avait plus aucune arme. Personne ne sait comment elle s'est débrouillée, mais elle s'en est tirée indemne.

Un des trois mastodontes intervint :

– J'ai entendu dire qu'elle l'avait tué à mains nues. Puis, pour sortir du puits, elle l'a dépecé et fabriqué une échelle avec ses os.

Il avait prononcé ces mots avec une délectation sadique. Alfred attendit qu'il se fût éloigné pour déclarer :

– Fadaises ! Elle est bien trop raffinée pour agir de la sorte. Si vous voulez mon avis, elle est parvenue à captiver l'orque grâce à son charme. Elle lui a fait miroiter des merveilles s'il l'aidait à sortir du puits. L'orque, avec sa forte musculature, n'a eu qu'à la soulever par la taille et la jeter en l'air. Elle a souplement atterri sur la terre ferme. Bien sûr, elle s'est aussitôt enfuie sans se retourner, laissant le monstre à son triste sort.

Gustave hocha la tête d'un air distrait.

Quand le gymnase se fut vidé, il prit une nouvelle arbalète, trois flèches, et se plaça devant la cible. Il soupesa l'arme. Il observa le rail, le chien, le ressort. Sans effort, son cerveau évalua la force de la poussée verticale, la vitesse de la flèche et sa portée. Il contracta ses muscles pour ne pas trembler et fit le vide dans son esprit. Sans la présence des décimaux dans son dos, Gustave parvint aisément à concentrer son attention sur la cible. Il tira, rechargea aussitôt, tira à nouveau, rechargea, tira. L'opération n'avait duré que quelques secondes. Les trois flèches étaient plantées en plein cœur.

*

Les jours suivants, les jeunes gens s'initièrent à l'escrime. Les cours étaient bien moins palpitants que ce qu'on aurait pu espérer. Les décimaux étaient désormais un peu moins nombreux dans le gymnase, car certaines recrues, de celles qui étaient là bien avant l'arrivée de Gustave et Alfred, avaient terminé leur apprentissage et rejoint le grade supérieur, celui des centésimaux.

Constance les plaçait en ligne et leur faisait répéter un seul mouvement de passe avant, mécaniquement, des heures durant. Elle circulait entre les rangs, redressant une épaule, inclinant un poignet, replaçant un pied. Puis ils reprenaient. Le lendemain, c'était la même chose. Et le surlendemain, idem. Constance rabâchait ses conseils, les décimaux réitéraient le mouvement, Constance serinait encore et encore, jusqu'à ce que le geste s'imprime dans leur chair.

Gustave avait l'impression de s'être transformé en automate. Son cerveau s'engourdissait. La séance était rythmée par le tempo monotone des pas, qui allongeait interminablement le temps. Même la nuit, dans son sommeil, le jeune homme continuait à fendre et parer.

Un matin, Constance annonça une série de duels. Le visage des trois mastodontes s'illumina d'une joie carnassière. Avec un bel effet de clair-obscur, celui de Gustave s'assombrit. Il avait longtemps rêvé de ce premier combat, mais craignait de n'être pas encore à la hauteur. Il enfila son plastron et son casque en priant pour ne pas se ridiculiser.

– Courage ! lui glissa Alfred.

Gustave retrouva le sourire

– Merci ! dit-il. Au fond, c'est juste un entraînement. Tant que je ne me retrouve pas contre un des trois malabars, tout devrait bien se passer.

À peine avait-il fini sa phrase, que Constance l'appela. Gustave leva les yeux. Bien entendu, son adversaire était un des colosses. C'était Gargantua, Goliath ou Golem, il ne savait plus. Tous les trois étaient massifs comme des soubassements, et semblaient interchangeables. Le géant se fendit d'un sourire mauvais quand il vit la mauviette qu'il allait affronter.

Gustave chassa ses appréhensions. Il n'allait pas se décourager avant même de commencer ! Il serra son arme. Il savait instinctivement éprouver la ductilité du métal et évaluer, selon la force dynamique de la frappe, la façon dont le fer allait ployer. Il répéta les mouvements dans sa tête. Il s'était durement entraîné. Chaque soir, dans sa petite chambre, il repassait les mouvements appris lors de la séance du matin. Il avait même arrêté la pipe. Il était prêt.

Son adversaire s'élança. Gustave n'avait oublié aucun des conseils de Constance. Il para dans les règles de l'art, exécuta les mouvements d'attaque et de contre à la perfection.

Et il se fit laminer. C'était exactement comme s'il était passé entre les rouleaux compresseurs d'un laminoir. Son adversaire le serra, pressa, comprima d'un coin à l'autre du gymnase. Il prit un malin plaisir à le rifler et l'égratigner, à le crosser du plat de la lame, à l'étriller avec la pointe.

Constance observait le duel. Elle nota que Gustave n'abandonnait pas. Les dents serrées, en nage, il encaissait la charge. Après chaque estocade, il se relevait, et continuait à parer en vain les pilonnages que lui assénait le gorille. Elle interrompit le duel avant que son élève ne finisse en charpie.

À la fin de la séance, comme ce dernier contemplait d'un air las son nom tout en bas du classement, Constance le prit à part.

– Remettez-vous en position, aux deux tiers de votre duel, lorsque votre adversaire a ouvert la ligne par un battement, et que vous avez rompu deux fois, dit-elle.

Gustave traversa le gymnase désormais vide. Il se plaça à l'endroit exact où il se trouvait à ce moment du duel. Il était lui-même surpris de l'aisance avec laquelle son cortex lui rappelait fidèlement la combinaison des coups.

Sans doute, Constance allait pointer un défaut dans son jeu de jambes. Au lieu de quoi, la jeune femme lui ordonna :

– Fermez les yeux.

Gustave, décontenancé, s'exécuta.

– Bien, et maintenant, remémorez-vous la scène, continua Constance. Revoyez votre adversaire, sa posture. Vous y êtes ?

Il acquiesça.

– Alors, dites-moi... à cet instant précis, que fait votre ami Alfred ?

– Il suit le combat, répondit Gustave sans la moindre hésitation. Il doit être nerveux, il n'arrête pas de taper du plat de la lame contre sa cuisse.

– Et Charles ?

– Il chuchote avec Émile. Ils pouffent en cachette, répondit Gustave, honteux, car c'était sans doute sa piètre performance qui donnait à rire à ses camarades.

– Évariste ?

– Il range son arme sur le râtelier.

– Lucien ?

– Il s'ennuie. Il resserre les sangles de son plastron.

Constance claqua la langue d'un air agacé.

– Oui, voilà bien le problème. Rouvrez les yeux.

Gustave s'exécuta et découvrit la jeune femme juste sous son nez, les sourcils froncés.

– Vous êtes très observateur. Et très sensible. Vous percevez chaque émotion, vous avez un champ de vision étendu et une excellente mémoire.

– Et… c'est un problème ? demanda Gustave.

Sur le champ de bataille, c'était un véritable atout, et Constance le savait. Elle réalisa que Louis Pasteur, qui ne faisait rien au hasard, avait décelé ce potentiel chez le jeune homme. Les jeunes recrues de la S.S.S.S.S.S. étaient souvent très talentueuses, mais terriblement individualistes, et incapables d'unir leurs forces. Gustave aurait fait un très bon général : attentif, habile à lire les faiblesses de son adversaire d'un côté, les points forts de ses hommes de l'autre. Muni de ces informations, il saurait à merveille orchestrer l'effort collectif.

Mais pour l'heure, l'extrême empathie de Gustave lui jouait des tours. Cette sensibilité exacerbée entamait sa confiance en lui et brouillait sa concentration.

– Vous affrontez un individu au corps à corps. Dans des cas comme celui-ci, ne comptent alors que vous et votre ennemi, dit-elle enfin. Que vous importent les rires de Charles et Émile, ou l'inquiétude d'Alfred ? Vous devez mettre des œillères et focaliser toute votre attention sur le duel. Cette vision plus centrée vous permettra de déceler des détails imperceptibles. Un éclat dans la pupille, une inspiration suspendue, la contraction d'un muscle, qui trahissent les intensions de votre adversaire.

Gustave hocha la tête, impressionné.

– Est-ce que je peux me permettre de vous demander... ajouta-t-il. J'ai entendu dire qu'un jour, vous aviez combattu un orque...

Constance éclata de rire.

– Est-ce qu'on vous a aussi raconté que j'avais tué l'orque à coups d'ongles et de dents, et que j'étais sortie du puits en tissant une corde avec mes longs cheveux ?

Gustave préféra ne pas entrer dans les détails.

– Le début de l'histoire est vrai, dit Constance en retrouvant son sérieux. J'avais perdu mon épée, et j'ai basculé dans un puits, entraînée par l'orque qui avait chuté le premier. Pour le reste, il ne faut pas croire toutes les histoires qui circulent dans la Société. J'ai été sauvée par un bon réflexe. J'ai réussi à me rattraper à une pierre saillante, juste sous la margelle. L'orque, lui, s'est écrasé au fond. C'est tout. À entendre les rumeurs qui circulent, on croirait que les décimaux me prennent pour un de ces héros de roman d'aventures. Alors qu'un combat, c'est avant tout une affaire sordide, conclut-elle. Ça n'a rien d'une joyeuse expédition ponctuée d'actions glorieuses.

Sur ce, la jeune femme quitta le gymnase. Gustave n'avait pas eu le temps de la remercier.

*

Après l'entraînement, Gustave se rendit à la bibliothèque. Les fins d'après-midi des décimaux étaient consacrées à l'apprentissage théorique. Les recrues devaient mémoriser les caractéristiques de toutes les créatures surnaturelles que les agents avaient pu étudier depuis la création de la Société. Pour ce faire, elles avaient accès aux archives de la S.S.S.S.S.S., ainsi qu'à plusieurs laboratoires où l'on stockait des échantillons : cellules-souches de morts-vivants, dents de succubes, ectoplasmes sous vide, écailles de naïades et plumes de griffons...

Alors que Gustave était plongé dans un rapport, un bruit ébranla les murs, faisant vibrer les fondations. Gustave délaissa sa lecture, au demeurant fort intéressante. Il s'agissait d'un long essai d'un certain Charles Darwin. Le naturaliste anglais avait découvert une espèce d'hominoïde, qu'il avait baptisé King Kong, et qui vivait, disait-il, sur une île de l'océan Indien. Le savant avait cependant choisi de garder secrète l'existence d'un tel monstre, les hommes ayant déjà du mal à accepter certaines vérités scientifiques simples, comme l'idée que l'homme descendait du singe.

Une nouvelle détonation, plus forte encore, retentit. Les décimaux présents dans la bibliothèque continuaient leurs études, impassibles.

– Vous avez entendu ? Ne devrions-nous pas sortir, vérifier que tout va bien ? osa Gustave.

Sa question fut accueillie avec des ricanements moqueurs. Son voisin le plus proche haussa les épaules.

– Ce sera encore l'agent % et ses essais de moteur à combustion, grommela-t-il. Le mois dernier, il voulait fabriquer des patins à roulettes propulsés par la vapeur. Ne vous en préoccupez pas.

Gustave le remercia et retourna à son rapport d'un air faussement détaché. Au troisième ébranlement, il n'y tint plus. Sous les regards dédaigneux de ses camarades, il sortit vérifier l'état des fondations.

Il fit quelques pas dans la galerie, et sentit une odeur de fumée. En courant, il se dirigea vers une porte, sous laquelle serpentaient des volutes noires. Il entra dans le laboratoire. Une des paillasses était en feu. Gustave attrapa une blouse pour étouffer les premières flammes. Alfred Nobel profita de ce répit pour remplir un seau d'eau, qu'il déversa sur le brasier. Les dernières flammes s'éteignirent et la fumée se dissipa lentement.

– Mais qu'est-ce qui vous a pris, Nobel ? s'exclama Gustave.

Il regarda autour de lui. Sur les tables s'entassaient du pulvérin, des capsules de fulminate, des cartouches et des mèches.

– Désolé ! s'exclama Alfred. Mais je vous assure que je progresse. Je sens que je vais bientôt parvenir à conditionner la nitroglycérine. Il faut juste que je trouve la bonne substance absorbante. La craie, qui sait ? Ou peut-être faudrait-il chercher d'autres moyens d'ignition et de percussion ?

Alfred caressa d'une main amoureuse ses barils de poudre. Gustave découvrit ainsi que le jeune homme passait ses après-midi à enflammer une substance hautement explosive, dans un laboratoire enfoui plus de soixante pieds sous terre.

Pour se justifier, Alfred ajouta :

– L'ordinal est très intéressé par mes recherches. Pensez donc, si j'arrivais à rendre la nitroglycérine maniable et transportable, à quel point cette arme pourrait nous être utile !

Gustave songea au rapport sur King Kong qu'il venait de parcourir, et admit qu'Alfred marquait un point. Il envia son camarade qui, un mois à peine après son recrutement, avait déjà réussi à se faire remarquer dans la Société. Ses avancées scientifiques, et ses performances correctes lors des duels, lui avaient permis de remonter dans le classement, si bien que Gustave se trouvait désormais bien seul en bas du tableau.

– Quelle chance ! laissa-t-il échapper. J'aimerais moi aussi avoir une spécialité.

– Il vous suffit de trouver votre passion, répondit Alfred. De quoi rêvez-vous ? Qu'est-ce qui vous fait vibrer ?

Gustave songea qu'il s'était lancé un peu sur un coup de tête, par curiosité et goût de l'aventure.

– Je suis sûr que vous finirez par trouver, poursuivit aimablement Alfred. Mais ne tardez pas trop. On vous a parlé du D.D.D.D.D. ?

Gustave fit signe que non.

– Ce sont les autres décimaux qui ont mentionné ça. Je ne sais pas s'ils se moquaient de moi... Vous savez comment ils sont. Enfin, ils prétendent qu'à la fin de notre entraînement, nous devrons passer un ultime défi. Ils l'appellent le Dernier Défi Décisif Diablement Dangereux. Personne ne sait en quoi consiste l'épreuve. Les centésimaux qui ont réussi ce test gardent le secret.

Gustave s'interrogea sur le goût de la Société pour les sigles à une seule lettre, et préféra ne pas songer à cette nouvelle épreuve à venir. Pour l'heure, il espérait seulement faire bonne figure lors des séances d'entraînement, et tenter de remonter dans le classement. Pour changer de sujet, il lança :

– Bon, nous avons le temps de voir venir. L'essentiel, pour aujourd'hui, c'est que nous ayons *étain* le feu !

Il accompagna son jeu de mots d'une pichenette sur le seau métallique qui trônait encore sur la paillasse. Alfred, consterné par ce terrible calembour, secoua la tête.

Avec entrain, Gustave ajouta que les fondations lui semblaient solides, et prêtes à résister à de nombreuses autres explosions. Alfred reconnut que l'armature métallique qui soutenait les locaux était une merveille d'architecture, et les deux jeunes gens se lancèrent dans un débat captivant sur les différents types de charpentes et leurs mérites respectifs.

*

Après les avoir impitoyablement rompus aux mouvements de contre et d'attaque, Constance assomma les décimaux d'exercices sur le rythme. Elle leur fit prendre conscience de la mesure propre à chaque geste, comme l'aurait fait un professeur de danse.

Les recrues ressassèrent les parades jusqu'à ce que ce tempo devienne aussi naturel que leur respiration. Gustave se surprit à prendre goût à cette mécanique si réglée. Dès que recommençait la chorégraphie désormais familière, son esprit se vidait agréablement. Les mouvements s'engrenaient l'un dans l'autre, il sentait ses jointures coulisser comme des pivots bien graissés. Bercé par cette cadence machinale, Gustave oubliait sa fatigue et avait l'impression de pouvoir tourner indéfiniment.

Une nouvelle série de duels ponctua cet entraînement.

– Allez, avec un peu de chance, vous aurez un adversaire à votre taille, cette fois-ci, lui glissa Alfred. C'est le moment de faire de votre mieux !

Gustave n'eut pas le temps de répondre à cet encouragement. Constance venait de désigner les deux premiers duellistes. Et comme de juste, le jeune homme affrontait Goliath – ou Gargantua, ou Golem.

Gustave convoqua tout son mordant, bien décidé à ne pas finir dernier, cette fois-ci. Il attaqua le premier, reproduisant sans erreurs les combinaisons qu'il révisait depuis des jours. Son tempo était parfait. Lorsque son adversaire chercha à le désarçonner, il resta attentif à garder une respiration régulière et maintenir le rythme, quelle que soit l'attaque qui surgissait.

Constance regarda les deux duellistes enchaîner les coups avec une régularité de métronome. À la fin, elle les arrêta d'un claquement de doigts. Son adversaire salua Gustave et alla ranger sa lame. Comme leur entraîneuse ne faisait aucun commentaire, Gustave ne put s'empêcher de demander :

– Alors ? C'est bien ?

Constance eut un petit haussement d'épaules irrité :

– Non. C'est prévisible comme une horloge. Toujours en rythme. Donc très facile à parer et devancer.

– Mais c'est ce que vous nous avez appris !

Constance s'était éloignée. Elle se retourna brusquement, le regard dur :

– Évidemment. Il faut connaître les règles pour les contourner. J'espère bien que vous ne passerez pas votre temps à obéir comme une machine à tout ce que je vous dis. Sans quoi vous n'irez pas plus loin qu'un pantin actionné par un ressort.

Gustave rentra chez lui fourbu, abattu, et de méchante humeur. Son nom restait désespérément en bas du classement. Les agents plaçaient la barre tellement haut qu'il lui semblait qu'il ne satisferait jamais leurs attentes.

Le jeune homme n'avait qu'une envie : s'enfouir sous son duvet et dormir sur ses contrariétés. Hélas, à peine avait-il passé le seuil de sa chambrette, que le petit grattement familier se fit entendre derrière la porte. Galvanier devait l'avoir attendu toute la soirée dans la cage d'escalier pour ne pas le manquer.

Depuis son emménagement, Gustave s'était montré aimable et patient avec le vieillard. Régulièrement, il l'invitait chez lui, et prenait le temps de l'écouter jargonner. Galvanier s'était entiché de son nouveau voisin, et ne le quittait plus. Le vieil agent occupait son temps libre à d'improbables recherches, mimiques de l'époque où il avait encore toute sa tête. Chaque soir ou presque, le vieillard se présentait avec une pile de feuilles cornées sous le bras. Il défroissait fébrilement ses brouillons, étalant des calculs sans queue ni tête et des croquis maladroits, qu'il expliquait avec son lexique inventif.

Ce soir-là, Gustave aurait volontiers envoyé paître le vieux fou. Il prit sur lui, et fit entrer Galvanier. Le vieillard était plus agité encore qu'à son habitude.

– Le Félix, le Félix ! répétait-il en agitant ardemment son crochet.

À force d'écouter le vieillard débagouler, Gustave s'était habitué à la façon dont il décalait les mots. Il fronça les sourcils, avant de comprendre enfin :

– Le phénix ! s'exclama-t-il. Vous me parlez du phénix !

Galvanier trépidait.

– Oui, oui ! comme vous le salez, cet amiral n'appareille qu'une fois par socle. Il remet une fois seulement, tous les faons ans. Or, selon mes clavicules, il devrait remettre bientôt, dans calques mois ! Est-ce que vous vous rendez coûte ?

Tout en babillant, il brandissait ses notes brouillonnes truffées de taches d'encre. La tisane que le jeune homme lui avait préparée refroidissait sur la table. Gustave comprit que l'ancien agent pensait avoir découvert cet oiseau mythique, dont il n'existait sur Terre qu'un seul spécimen. Une fois par siècle, le phénix renaissait de ses cendres. Selon Galvanier, la date de cette renaissance était proche, et elle aurait lieu dans une manufacture de sidérurgie non loin de la capitale, à Levallois-Perret.

Désireux de convaincre Gustave, le vieillard, les yeux brillants de fièvre, enfonçait le clou. Il martelait ses propos, faisait et refaisait ses calculs bancals. Gustave était épuisé. Il finit par renvoyer Galvanier chez lui, et se laissa tomber sur son lit.

Le lendemain, pendant ses heures d'étude dans la grande bibliothèque, Gustave repensa aux fariboles du vieil homme. Galvanier semblait croire dur comme du fer à cette histoire de phénix. Sans aller jusqu'à prendre au sérieux les élucubrations du vieillard, Gustave s'en serait voulu de passer à côté d'une information importante par négligence. À tout hasard, il consulta les archives. Au bout de deux heures, il abandonna ses recherches. Aucun des précédents agents de la Société n'avait étudié ou rencontré cet animal au cours de leurs enquêtes de terrain. Ce n'était pas très étonnant, si le volatile n'existait qu'en un seul exemplaire. Mais selon toute probabilité, l'oiseau devait appartenir à la mythologie.

Par un dernier acquit de conscience, Gustave décida tout de même d'en toucher deux mots à Louis Pasteur. Il quitta la bibliothèque et toqua à la porte de son laboratoire. Aucune réponse. Une fois plongé dans ses bouillons de culture, Pasteur avait tendance à oublier le reste du monde. Gustave se permit donc d'ouvrir. Le laboratoire était vide. Le jeune homme fit quelques pas à l'intérieur. Il ne put se retenir de jeter un œil aux notes éparpillées sur les paillasses. Plusieurs croquis représentaient un loup d'une taille exceptionnelle, si l'on en croyait les mesures indiquées sous le jabot ou la croupe.

Gustave sursauta. Louis Pasteur venait d'entrer à toute volée, en faisant claquer la porte.

– Bonjour, agent π, commença Gustave. J'aurais aimé vous parler.

– Pas maintenant.

La pèlerine de Louis Pasteur était maculée de taches d'un rouge sombre. Heureusement, l'agent ne semblait pas blessé. Le sang ne devait pas être le sien. Pasteur jeta son arbalète, dont l'armature était cassée, et se débarrassa de la ceinture qu'il portait en travers du buste. Il attrapa une nouvelle arbalète, décrocha une autre ceinture de sa patère. Celle-ci était chargée de seringues et de fioles de différentes couleurs. L'agent ceignit la ceinture, fixa l'arme dans son dos, et ressortit aussitôt.

Gustave en resta sonné, et oublia ses histoires de phénix. Louis Pasteur, comme Constance, lui avaient toujours paru impressionnants. Cela tenait à leur prestance, cette manière qu'ils avaient d'occuper l'espace comme s'ils étaient toujours prêts à réagir glorieusement au moindre danger. Avec son long manteau noir moucheté de sang, sa poitrine bardée d'armes, Louis Pasteur ressemblait à un de ces demi-dieux antiques qui purgeaient la Terre de ses monstres.

Gustave fut parcouru d'un frisson, qui venait pour moitié de son excitation et son désir de ressembler un jour à Louis Pasteur ; et pour moitié de l'angoisse de ne jamais atteindre un tel niveau, vu sa position de bon dernier dans le classement.

*

Quelques semaines plus tard, Gustave mena son troisième duel. Alfred lui serra la main solennellement.

– Bon courage, lui dit-il sur le ton avec lequel il aurait fait ses adieux à un condamné à mort.

Il allait sans dire que Gustave allait croiser le fer avec le mastodonte n° 3.

Constance l'appela. Gustave se leva, résolu à faire face au malabar. Il rejoignit le centre du gymnase.

L'entraîneuse se plaça en face de lui. Elle lui adressa un sourire malicieux et se mit en garde. Le cœur de Gustave fit un plongeon. Dans le gymnase, tout le monde se tut.

Contre Constance, il n'avait strictement aucune chance. Il l'avait vue à l'œuvre lors des démonstrations. Elle était vive, habile, inventive. Sa détente était foudroyante. Son épée se dérobait avec une rapidité éblouissante. Son jeu était si serré qu'on n'y percevait pas le moindre jour. Elle rompait d'une semelle à peine, parait d'un coup roide du poignet, avec une économie de mouvements qui forçait l'admiration.

Gustave serra le poing. Il en avait assez d'être l'objet des moqueries de ses camarades et des regards embarrassés d'Alfred. Aujourd'hui, il trouverait comment battre son maître. Galvanisé par l'ampleur du défi, son cerveau se mit en route. Comme il aurait estimé un boisseau de charbon, Gustave inventoria la jeune femme. Un mètre cinquante environ, quarante-cinq kilos, dont quinze kilos de masse musculaire. Réduite à une série de chiffres, Constance était bougrement moins impressionnante. Ces données faisaient apparaître une évidence : certes, elle était plus rapide et précise, mais elle disposait d'une force physique moindre. Pour la battre, il fallait la refouler dans un espace d'où elle ne pourrait s'échapper, et serait forcée de parer avec le plat de la lame. Il ne resterait plus alors qu'à appliquer un coup d'une force supérieure, afin de la désarmer.

Du coin de l'œil, sans quitter des yeux son adversaire, Gustave repéra le renfoncement idéal. Il se lança. L'entraînement fastidieux auquel Constance les avait astreints portait ses fruits. Les attaques lui étaient désormais si familières qu'il les exécutait presque par réflexe. Il pouvait se concentrer sur le reste : les mouvements de la jeune femme, et l'enclavement vers lequel il devait la bouter.

Il lança une première attaque, plus nerveuse que celles auxquelles il avait accoutumé son adversaire. Constance fut surprise par ce changement de rythme. Elle recula. Elle était maintenant piégée dans une alcôve taillée dans le mur. La fuite à dextre ou sénestre était impossible. Gustave fondit sur elle. Il frappa un coup magistral, d'une régularité académique. Il lança le fer en arrière pour gagner en force, aligna le bras et l'épaule afin d'assurer au coup sa pleine puissance, et mordit avec le plat de la lame, au premier tiers de l'épée, là où la volte est la plus assurée. Cette botte ne pouvait manquer de désarmer Constance.

Gustave frappa dans le vide.

Son adversaire avait disparu. Gustave se demanda si la jeune femme n'était pas à moitié farfadet. Puis il sentit la lame de Constance dans son dos. Cette dernière, avec une rapidité fulgurante, s'était laissé tomber, pieds en avant, et lui avait filé entre les jambes. Elle se tenait derrière lui, prête à l'embrocher, souriante, à peine essoufflée.

Constance remit l'épée au fourreau et déclara simplement :

– C'est bien.

Comme Gustave s'étonnait de ce compliment, elle ajouta :

– Vous n'étiez vraiment pas loin. Replacez-vous en position d'attaque.

Elle retourna dans le renfoncement où Gustave avait espéré la désarmer. Gustave reprit la position qu'il tenait quelques secondes plus tôt, l'épée levée.

– Oui, voilà, dit Constance. Puis-je savoir ce que vous faites si loin de l'adversaire que vous avez prévu d'abattre ? Vous vous tenez à distance respectable ? Pas de politesse dans un combat, je vous prie. Faites un pas de plus.

Gustave, en déglutissant, réduisit la distance. Il était si près de Constance que leurs hanches se jouxtaient. Sans ce plastron malencontreusement rembourré, il aurait sans doute pu sentir la poitrine de la jeune femme s'appuyer contre son torse. Leurs deux visages étaient fort proches. Il lui aurait suffi d'incliner la tête pour que les lèvres de Constance frôlent son menton. Gustave sentit le sang qui lui montait aux joues aussi rapidement que l'aiguille vire au rouge sur la jauge d'un panneau de contrôle. Constance leva les yeux vers lui, pas le moins du monde troublée.

– C'est d'ici qu'il fallait m'attaquer, dit-elle. Alors, je n'aurais pas pu vous échapper.

Gustave, n'y tenant plus, recula, et hocha la tête d'un air entendu pour se donner contenance.

– Il est essentiel que vous alliez contre cet instinct naturel d'éloignement par rapport à votre adversaire, continua Constance. Vous pensez sans doute qu'il est sage de se tenir à bonne distance de votre ennemi. En vérité, dans un combat, seules deux options s'offrent à vous : l'attaque ou la fuite. Et si vous attaquez, votre unique chance de l'emporter sera de foncer sans hésitation, avec l'idée de tuer, et non de vous préserver. Allez respirer son haleine à pleins poumons, collez votre pupille dans le blanc de ses yeux. Pas de demi-mesure. Ou vous êtes mort.

Sur ce, elle libéra les décimaux, qui quittèrent le gymnase avec un soupir de soulagement.

Constance était en train de vérifier le gauchissement de chaque lame, avant de les ranger sur le mur, quand une ombre se glissa derrière elle. Celle-ci se déplaçait sans le moindre bruit. Sournoisement, elle s'approcha de la jeune femme qui, de dos, plaçait un fleuret sur le râtelier.

La silhouette n'était plus qu'à quelques centimètres de sa nuque, quand Constance se retourna, vive comme l'éclair. D'une même volée, elle brandit le fleuret qu'elle allait reposer et l'abattit sur l'impudent qui croyait la surprendre.

Louis Pasteur encaissa le coup sans broncher. Un sourire polisson éclairait son visage d'ordinaire si grave. La lame rebondit sur son omoplate sans que le sang coule. Il faut dire que Constance, avec ses réflexes incomparables, avait ralenti la course du fleuret d'un mouvement sec du poignet dans la direction opposée.

« Louis ! » s'exclama la jeune femme sur un ton de reproche. Elle n'eut pas le temps de le sermonner, car le savant l'enserra aussitôt dans ses bras, et l'embrassa. Constance, qui était spécialisée dans le maniement des armes blanches et le combat rapproché, aurait sans doute pu échapper à cette étreinte. Elle se laissa pourtant enlacer, et succomba même avec un certain plaisir, semblait-il.

Louis fit durer un peu ce baiser, savourant le bonheur d'avoir Constance à sa merci. Puis il se redressa, prit la jeune femme par les épaules, et l'entraîna hors du gymnase.

– Allons souper, dit-il simplement.

Avant de partir, il jeta un œil au panneau de classement des décimaux. Le nom de Gustave restait obstinément tout en bas.

– Il ne remonte toujours pas ? demanda-t-il.

Constance secoua la tête.

– Non, dit-elle. Il n'est pas du genre à progresser par paliers. Il a déjà tout. Il faut juste qu'il en prenne conscience. Qu'il finisse par y croire vraiment, qu'il se persuade qu'il peut réussir. Et alors il fera mieux que tous les autres.

Louis Pasteur resta un temps pensif, puis demanda :

– Et donc, il est prêt pour le Dernier Défi ?

– Oui, dit Constance d'un air confiant.

Louis esquissa un sourire.

*

Un matin, Gustave eut la mauvaise surprise de ne pas trouver Alfred dans le gymnase pour la séance d'entraînement. Il interrogea ses camarades, qui haussèrent les épaules avec indifférence. Le lendemain, un autre décimal manquait à l'appel. Au fil des jours, la salle devint de moins en moins remplie, sans que Gustave en connaisse les raisons. Les décimaux restants chuchotaient entre eux, mais le jeune homme était toujours mis à l'écart de ces messes basses.

En fin de semaine, Gustave pénétra dans un gymnase vide.

– C'est à votre tour, Eiffel ! déclara Constance.

Le jeune homme apprit qu'il était convié à un entretien avec Louis Pasteur, afin de dresser le bilan de sa période de formation. Constance le conduisit devant une porte et, au sourire encourageant qu'elle lui adressa, Gustave sut que les choses allaient mal se passer. Son nom n'avait jamais quitté la dernière place du classement. Voilà à quoi se résumait l'inventaire de ses progrès.

Le jeune homme entra, la mort dans l'âme. La salle ne comportait pas le moindre meuble. Quelques armes, usées ou cassées, étaient empilées dans un coin. Louis se tenait debout au milieu de la pièce. Il se dirigea vers la porte, qu'il ferma d'un tour de clé. Dos au battant, les bras croisés, il demanda :

– Monseur Eiffel, avez-vous entendu parler du D.D.D.D.D. ?

Gustave hocha très lentement la tête. Il avait espéré que ce « Dernier Défi Décisif, etc. » ne soit qu'une légende qui circulait parmi les décimaux pour effrayer les nouvelles recrues. Par précaution, il se plaça en position de garde, poings fermés, prêt à l'attaque.

Louis lui lança un regard appréciateur.

– Nous avons à cœur de préparer au mieux nos agents, poursuivit-il. Malheureusement, force est de constater que, très souvent, nos recrues les mieux entraînées sont prises de court, et complètement démunies, dès qu'elles font face à une menace surnaturelle inattendue. C'est pourquoi nous avons mis en place ce Dernier Défi.

Gustave rentra les épaules. Louis allait ouvrir la porte et faire surgir un dragon, ou une horde de farfadets armés de sarbacanes aux fléchettes empoisonnées.

Le savant fit un pas en avant. Gustave recula prudemment. L'agent s'arrêta et ôta son veston. Gustave suivit attentivement ses mouvements. Le chimiste pourrait avoir caché une seringue dans sa poche intérieure.

Louis déboutonna sa chemise. Gustave, dérouté, leva un sourcil. L'agent se mettait sans doute à l'aise. Il comptait l'attaquer à mains nues, avait besoin de toute sa mobilité.

Louis retira ses souliers et dégrafa sa ceinture. Il baissa son pantalon. Et enfin, son caleçon long rejoignit la pile de vêtements. Monsieur Pasteur se trouvait désormais debout devant lui, en tenue d'Adam. Gustave, rougissant, ne savait plus où poser les yeux. Cette épreuve prenait une tournure bien plus inquiétante que tout ce qu'il avait imaginé.

Louis fouilla dans la poche de son gilet jeté à terre, extirpa une seringue, qu'il se planta dans le bras.

Aussitôt, il tomba à genoux, comme pris de douleurs incommensurables. Son corps frémit, puis se déforma atrocement. Son dos s'élargit, sa mâchoire s'allongea. Une fourrure noire et drue saillit sur tout son corps. Quelques secondes plus tard, Louis leva la gueule vers le plafond, et hurla. Gustave avait devant lui un gigantesque loup-garou.

Alliage du chapitre 4

11 % de nickel,
47 % de fer,
42 % d'un défi décisif assez déconcertant

Gustave ne réfléchit pas. À l'instant où le loup surgit devant lui, son instinct de conservation prit le dessus, et commanda toutes ses actions.

D'un seul coup d'œil, son cerveau embrassa la pièce et son adversaire. Le loup mesurait plus de trois mètres au garrot. Dans la petite pièce d'une trentaine de mètres carrés, il occupait presque tout l'espace. Dos à la porte, il pliait les pattes arrière, muscles tendus, prêt à bondir sur sa proie. Impossible de s'enfuir sans lui passer au travers du corps. Le tas d'armes empilées dans un coin ne serait d'aucune utilité. Ces vieilles lames au rebut se briseraient au moindre choc.

Gustave s'élança pourtant en direction de la pile. Son corps s'était mis en branle avant qu'il ait eu le temps d'élaborer consciemment une stratégie.

À hauteur d'homme, sur le mur, était fixé un anneau d'où pendait une chaîne. Un anneau similaire se trouvait à chaque coin de la pièce. Autrefois, la chaîne devait être tendue le long des quatre murs pour y accrocher les fleurets.

Sans quitter le loup des yeux, afin d'analyser le moindre de ses mouvements, Gustave enroula un bout de la chaîne autour de son poignet. Puis il se jeta sur la bête. Il fonça dans la gueule du loup, sans hésitation. L'animal allongea le museau et retroussa les babines. À un millimètre des canines, Gustave se laissa tomber, comme l'avait fait Constance lorsqu'elle lui était passée entre les jambes. La mâchoire du loup claqua au-dessus de sa tête, sectionnant une mèche de cheveux. Sans interrompre sa lancée, Gustave se redressa, fila sous le ventre velu, et rejoignit le coin opposé. Il était parvenu à traverser la pièce sans se faire dévorer.

Il tenait encore la chaîne, nouée autour de son poignet. En un tournemain, il fixa solidement le dernier anneau au crochet qui se trouvait à cet endroit du mur. Dans cette pièce où le loup avait à peine la place de faire demi-tour, Gustave venait de tendre un câble en diagonale. La chaîne passait entre les pattes de la bête, presque à hauteur de son abdomen.

Ce n'était pas grand-chose. Mais c'était suffisant. L'animal fit un bond. Son élan fut aussitôt entravé. Ses pattes arrière s'emmêlèrent dans la chaîne, qui tressauta, mais tint bon. L'animal recula, agacé, ses jarrets empêtrés. Il n'arrivait plus à charger. Pendant que le loup se démenait en grognant, Gustave longea le mur et atteignit la porte.

Il eut, il ne sut comment, la présence d'esprit de ne pas seulement tourner la clé dans la serrure, mais encore de l'emporter avec lui. Il ouvrit le battant, le referma, et donna un tour de clé de l'autre côté. Le loup était enfermé. Tout cet épisode avait duré quelques secondes à peine.

Encore sous l'effet du coup de fouet, Gustave courut le plus loin possible de la petite salle. Il manqua de renverser l'ordinal, qui marchait tranquillement dans sa direction. Gustave, échevelé, pantelant, s'arrêta juste avant de culbuter le petit homme. Ce dernier le regarda, très étonné.

La part primale qui, en Gustave, avait dicté sa conduite jusqu'à présent, se calma aussitôt. Au regard surpris que lui lança l'ordinal, le jeune homme comprit qu'il n'aurait pas dû se trouver hors de la salle. Louis Pasteur l'avait mis au défi d'affronter un monstre. Depuis des semaines, il apprenait à attaquer. Et voilà que, sans réfléchir, au premier danger, il s'était enfui.

Gustave sentit son cœur s'écrouler. L'ordinal, sans un mot, trotta jusqu'à la porte fermée. Gustave, incapable de supporter les remontrances de ses professeurs, poursuivit son mouvement de fuite. Il vola hors des locaux de la Société jusqu'à son appartement, passa devant Galvanier sans répondre à son bonjour, et s'effondra sur son lit.

Il y resta toute la soirée et le jour suivant. Il n'osait pas retourner à la S.S.S.S.S.S., où il devrait embrasser son destin d'homme à tout faire, et passer ses journées dans les sous-sols, un balai à la main, pendant que son ami Alfred irait combattre des dragons.

On frappa à la porte. Le jeune homme cria à Galvanier de s'en aller. Les coups redoublèrent avec insistance. Gustave se rappela que le vieillard avait pour habitude de gratter le bois avec son crochet, et non de toquer. Il se leva et alla ouvrir.

Alfred se tenait dans l'entrebâillement. Il sautait d'un pied sur l'autre, l'air pressé. En voyant la tenue débraillée de Gustave, il s'impatienta plus encore et houspilla son ami. Ce dernier avait intérêt à se dépêcher, ou ils seraient tous deux en retard à la réunion. Gustave, interloqué, s'habilla à la hâte et le suivit.

Dès qu'ils furent en route, Alfred, n'y tenant plus, s'exclama :

– Dans la Société, ça cancane sacrément dans les couloirs, vous n'avez pas idée ! Tout le monde ne parle que de votre réaction au D.D.D.D.D.

Gustave baissa la tête et marmonna des excuses. Alfred s'arrêta en plein milieu de la rue.

– Que racontez-vous ? Vous êtes le premier décimal à avoir échappé au loup-garou !

Alfred déballa tout ce qu'il savait. Le D.D.D.D.D. était avant tout un avertissement et, aussi, une sorte de rite de passage, une farce un peu potache que les agents avaient imaginée pour mettre un peu de plomb dans la cervelle des jeunes recrues, et jauger de ce qu'elles avaient dans le ventre.

Il s'agissait de voir comment réagirait un pauvre décimal, s'il se trouvait soudain enfermé dans une pièce face à un monstre sanguinaire. Sous sa forme lupine, Louis Pasteur avait une parfaite maîtrise de ses instincts. Il n'aurait jamais réellement blessé quiconque.

Le plus souvent, le décimal s'évanouissait d'effroi. Lorsqu'il se réveillait, Constance lui offrait un remontant, l'ordinal lui tapait sur l'épaule, tout le monde riait, et le jeune homme entrait dans le groupe des centésimaux, un peu mieux averti des menaces qui l'attendaient, et déterminé à ne pas foncer tête baissée dans le premier danger qui se présenterait sur son chemin.

Les recrues de la promotion de cette année ne s'étaient pas beaucoup plus distinguées. Un des trois mastodontes, un peu trop sûr de lui, avait cru pouvoir se défendre avec les armes vétustes à sa disposition. Il avait reçu un bon coup de patte. L'arme rouillée lui était tombée des mains. Il avait alors eu la présence d'esprit de se rouler en boule pour éviter plus de dommages.

Le mastodonte n° 2 n'avait pas cherché aussi loin : il s'était étendu sur le sol pour faire le mort. Quant au mastodonte n° 3, il s'était soudain senti envahi d'une grande ferveur religieuse, et s'était jeté à genoux pour réciter l'intégralité de son catéchisme.

Alfred, lui, avait dans ses poches un prototype de ces bâtonnets explosifs qu'il tentait de mettre au point. Il avait eu le temps de l'allumer et le lancer, mais le bâton s'était enflammé sans exploser. Alfred avait mentalement noté que la craie était un matériau trop humide pour l'ignifugation, puis tenté d'atteindre la porte, profitant d'un moment de recul du loup, incommodé par la fumée. Hélas, la bête avait rapidement repris ses esprits et envoyé bouler le jeune homme, qui avait perdu conscience en se cognant la tête contre un mur.

Et voilà que depuis deux jours, on chuchotait dans les locaux qu'un décimal s'était tiré indemne du D.D.D.D.D., qu'il avait réussi à s'enfuir de la pièce et y enfermer le loup-garou. C'était une première. Gustave rougit aux compliments de son ami.

Une fois dans les sous-sols, les deux jeunes gens coururent jusqu'à la salle de réunion. Les agents spéciaux étaient réunis autour d'une table, des feuillets sous la main. Des chaises étaient alignées contre le mur pour les centésimaux et millésimaux. Tout le monde était déjà installé. Gustave et Alfred s'assirent discrètement dans un coin. À leur entrée, les murmurent fusèrent. Gustave eut envie de se faire tout petit.

L'arrivée de l'ordinal calma la foule. Le petit homme aux cheveux blanc sauta sur la chaise haute qui l'attendait en bout de table. D'un signe de main, il indiqua que la réunion pouvait commencer.

– Agent Ø, au rapport, annonça le secrétaire de séance.

L'agent Ø se leva et déposa une boîte sur la table. Il en sortit un long tube gradué, rempli de mercure.

– La première phase d'expérimentation du thermomètre à sirènes a donné des résultats très concluants, commença-t-il. Vous savez que les poissons sont des animaux poïkilothermes, c'est-à-dire à sang froid. Or il semble bien que les sirènes, elles, aient le sang chaud, ce qui leur permet de se déplacer dans des eaux à température variée, et d'accroître ainsi leur territoire de chasse. Vous avez sans doute déjà remarqué que la température de l'air ambiant augmente lorsque plusieurs êtres humains sont réunis dans une même pièce. Ce thermomètre fonctionne selon le même principe. En plaçant plusieurs capteurs munis de poids au bout d'un filet, le thermomètre détecte la présence d'un banc de sirènes dans un rayon de 250 mètres cubes.

Des chuchotements admiratifs se firent entendre. L'ordinal se pencha. Son visage restait impassible, mais un léger frémissement de la narine trahissait son intérêt.

– Et donc ? demanda-t-il.

– Et donc, répondit tranquillement l'agent Ø, nous avons pu démontrer la présence de plusieurs bancs de sirènes d'eau douce dans certaines nappes de la Seine.

Cette remarque déclencha de nouveaux murmures enthousiastes dans la salle.

– Bravo, dit l'ordinal. Pouvez-vous nous dire si les créatures aperçues semblent hostiles ?

– Il semblerait que non, répondit l'agent Ø. D'après les relevés, elles ne remonteraient quasiment jamais à la surface.

– Entendu. Par mesure de prudence, nous enclencherons tout de même le protocole de protection des quais.

L'ordinal se tourna vers les centésimaux et millésimaux qui assistaient aux échanges.

– Nous demanderons sans doute à certains d'entre vous de former des patrouilles de surveillance.

Les centésimaux frémirent d'impatience à l'idée d'être enfin envoyés sur le terrain. Il y avait même fort à parier que certaines recrues, cette nuit-là, rêvèrent de jolies sirènes aux seins nus. Gustave, qui n'était centésimal que depuis l'avant-veille, songea qu'il ne serait sans doute pas sélectionné.

L'agent Ø se rassit. Le secrétaire de séance poursuivit l'ordre du jour. D'autres agents présentèrent le résultat de leurs recherches, souvent infructueuses. Gustave écoutait d'une oreille distraite. Depuis plusieurs minutes, un projet le tarabustait. Il trépignait sur sa chaise, hésitant à le mettre en œuvre. Enfin, alors que l'ordinal commençait à ranger ses notes, et que la réunion allait prendre fin, il se décida à lever la main.

Le brouhaha s'interrompit. Tout le monde se tourna vers lui.

– Avez-vous quelque chose à ajouter ? demanda l'ordinal.

– Oui, monsieur... je veux dire... oui, mon ordinal, dit Gustave d'une voix hésitante. Voilà. Je loge... je suis voisin de M. Galvanier, un ancien agent de la Société.

L'ordinal hocha la tête.

– M. Galvanier dit avoir découvert où niche le phénix, poursuivit Gustave. Il affirme que l'oiseau va bientôt renaître de ses cendres. Selon lui, la créature se trouverait dans une manufacture de sidérurgie non loin d'ici. Je sais bien que M. Galvanier n'est pas… n'est plus en possession de toutes ses facultés. Mais j'ai pensé que vous deviez être informé.

L'ordinal sourit.

– Vous avez bien fait. Nous autres, qui étudions le surnaturel, évoluons dans un univers dont nous ne connaissons pas les codes. Souvent, des hypothèses invraisemblables sont finalement vérifiées, et des détails apparemment anodins se révèlent d'une importance capitale. Il est donc essentiel de garder un esprit ouvert.

Gustave se rassit, soulagé. Il avait transmis l'information. Il était débarrassé de son fardeau. Il retournerait tranquillement à ses séances d'entraînement, avec les centésimaux, cette fois. Tout allait pour le mieux.

Louis Pasteur intervint à son tour.

– Centésimal Eiffel, vous êtes diplômé de l'École centrale des arts et manufactures, n'est-ce pas ?

Gustave bondit à nouveau de sa chaise, un peu trop vite, et acquiesça.

– Vous êtes donc bien placé pour infiltrer cette manufacture de sidérurgie, et enquêter sur la présence ou non d'un phénix dans l'atelier, ajouta Louis. Après tout, un savant n'écarte jamais une hypothèse sans la vérifier.

Gustave resta interdit. Il ne s'était pas attendu à cela. Les centésimaux et millésimaux le regardèrent avec envie.

Et ainsi, Gustave se trouva affecté à sa première mission. Il n'en revenait pas. Il était excité, fier, tendu, enchanté, nerveux, curieux, impatient et plein de doutes. Mais le comble du ravissement survint quand Louis Pasteur, en sortant de la salle de réunion, lui signala qu'il devrait passer dans le local de stockage pour y récupérer sa tenue. Gustave fit de glorieux efforts pour ne pas s'y rendre en courant.

Hélas, sur place, un millésimal un peu grincheux se contenta de lui fournir un pardessus informe. L'habit évoquait à la fois une blouse de savant et une pèlerine de soldat. Quand il vit la mine défaite de Gustave, le millésimal précisa que le vêtement était confortable, résistant et plein de poches. Gustave, qui se voyait déjà affublé d'une belle cape noire, avec une capuche qu'il rabattrait sur son visage pour se donner un air ténébreux, acquiesça sans conviction.

Il reprit espoir quand le millésimal se mit à fouiller dans un grand tiroir. Mais au lieu de lui fournir un sabre, un pistolet dernier cri ou une arbalète, l'homme lui tendit un boîtier en bois. C'était un transtexteur : en appuyant sur un petit bouton, on envoyait un signal en morse au poste de réception le plus proche. Cet objet était très utile, expliqua l'employé, pour prévenir la Société en cas de danger.

Enfin, le millésimal sortit son registre, et attribua à Gustave un nom de code. Dans le cadre de cette mission, le jeune homme officierait en tant qu'agent Φ.

Alfred, curieux, passa dans le dépôt. Il venait féliciter son ami. Il le trouva en train de se contempler dans la glace, vêtu de sa pèlerine, le transtexteur à l'épaule. Gustave semblait mal à l'aise et anxieux.

– Qu'est-ce qui ne va pas ? demanda Alfred.

Il s'était plutôt attendu à le trouver bondissant de joie et brillant de fierté.

– C'est seulement que... répondit celui-ci en balbutiant. Je vous en prie, Nobel, soyez honnête...

Gustave repensa à Louis Pasteur, fixant l'arbalète dans son dos d'un geste sûr, partant d'un pas rapide et déterminé vers de nouveaux combats, en faisant voler derrière lui les pans son manteau taché de sang.

– Est-ce que j'ai l'air d'un aventurier ? Est-ce que j'ai l'étoffe d'un héros ?

À peine sortie de sa bouche, sa question lui parut terriblement naïve. Ce jour-là, Louis Pasteur avait semblé à Gustave tellement héroïque ! Et le jeune homme, lorsqu'il se regardait dans la glace, mesurait tout l'écart qui les séparait.

Alfred, heureusement, eut le bon goût de ne pas se moquer de son ami. Il assura à Gustave qu'il paraissait tout à fait compétent.

En rentrant chez lui, sa pèlerine et le transtexteur sous le bras, Gustave se réconforta. Il n'était peut-être pas un bretteur de première classe, et n'avait pas le moindre pouvoir, mais il ferait de son mieux. Et même s'il n'avait pas la carrure d'un héros, il mènerait à fond ses recherches sur le phénix, et rédigerait un rapport le plus précis et complet possible.

En marchant, Gustave s'autorisa à rêver un peu. Il imagina que dans plusieurs années, de nouvelles générations de recrues trouveraient son rapport dans les archives de la S.S.S.S.S.S. Peut-être même que l'une d'elles, qui serait un peu écrivain en herbe, aurait envie de s'inspirer de ce compte rendu pour écrire un roman. Cet écrivain s'écarterait un peu de la réalité, il imaginerait un récit épique, survolté, et ainsi Gustave verrait son nom associé à des aventures merveilleuses.

Par jeu, Gustave chercha un titre à ce roman. Bien sûr, il faudrait un jeu de mots. Une référence au métal. *En fer et damnation ?* Non, ce n'était pas satisfaisant. Soudain, seul, au milieu de la rue, il s'exclama :

– Les *Zinc*royables aventures de Gustave Eiffel !

Voilà bien un récit qu'on aurait eu envie de lire.

*

Dans la salle de réunion désormais vide, l'ordinal se tourna vers Louis Pasteur :

– Je vous fais confiance, bien entendu, mais… êtes-vous sûr de vous ? Vous avez tout de même envoyé en mission une recrue qui vient à peine de passer le grade de centésimal.

– Nous devrions faire attention à ne pas nous enfermer dans notre système de grade, répondit Louis Pasteur. Chaque recrue est différente, et notre moule de formation lui convient plus ou moins. Celui-ci, avant d'être entraîné plus longuement, a besoin de prendre confiance en lui.

Le visage de l'ordinal s'éclaira :

– Je vois ! Vous voulez l'encourager en lui confiant une mission !

– Et lui faire un peu tâter le terrain, lui donner l'occasion de s'aguerrir. Mais ne vous inquiétez pas, je ne l'envoie pas au casse-pipe. Nous lui demanderons de poster régulièrement des rapports. Un agent ici l'encadrera. Nobel pourrait se charger de ce suivi. Il a la tête sur les épaules. Et puis, entre nous : il y a fort à parier que le vieux Galvanier déraille une fois de plus.

– Oui… mais si le bonhomme avait mis le doigt sur quelque chose, cette fois-ci ? demanda l'ordinal.

– Eh bien ! s'exclama Louis Pasteur, la Société en saura un peu plus sur le phénix. Nous parlons d'un volatile dont il n'existe qu'un exemplaire dans le monde, et qui s'éteint peu à peu avant de renaître de ses cendres. Ça ne devait pas représenter plus de danger qu'un farfadet.

– Oui, au fond, vous avez raison, dit l'ordinal. Ce n'est pas comme si on expédiait une jeune recrue inexpérimentée en terrain miné !

Alliage du chapitre 5

30 % de magnésium,
30 % de mercure,
40 % d'une manufacture carnassière

Quelques jours plus tard, Gustave prenait ses fonctions dans la manufacture de Levallois-Perret qui avait attiré l'attention de Galvanier. La S.S.S.S.S.S., apprenant qu'un poste de contremaître était vacant, avait manigancé pour faire embaucher leur agent. C'était la couverture parfaite : Gustave avait également informé sa famille de ce nouvel emploi. Désormais, aux yeux du monde, le jeune homme entamerait une carrière d'ingénieur dans la sidérurgie, et personne ne saurait à quoi il occupait réellement la majeure partie de son temps. Gustave s'était senti poinçonné par le remords quand il avait reçu une lettre chaleureuse de sa mère, qui le félicitait d'avoir trouvé un emploi. Mais il avait fait son choix, et devait en assumer les conséquences.

Sur la façade de la manufacture, on lisait :

Aldinni & Cie
Construction de machines à vapeur, outils,
forges, chaudronnerie, tôlerie,
matériel fixe et roulant pour chemins de fer,
travaux publics

Gustave pressa le pas, emporté par l'excitation de commencer sa nouvelle mission.

Pour atteindre l'entrée, il fallait d'abord traverser une forêt de poutres, solives, billettes, linteaux et architraves. On se faufilait entre ces lourds troncs métalliques, hauts comme trois hommes, qui attendaient près des bigues d'être emportés vers les chantiers. En s'avançant dans l'ombre de ces géants de fer,

Gustave fut saisi d'un malaise diffus. Il lui semblait qu'une armée au garde-à-vous, muette et menaçante, l'accueillait.

De près, la manufacture apparaissait comme un immense bastion à l'allure austère. Elle surplombait un village ouvrier, tristement assorti à la grisaille automnale. Des dizaines de bicoques s'alignaient docilement le long de ruelles crasseuses. Le village était désert : il était 9 heures, tout le monde était déjà au travail depuis plusieurs heures.

Au loin, on distinguait encore un toit coquet, joliment coiffé de tuiles rouges autour de trois lucarnes à auvent, et le haut d'une façade en pierre meulière. C'était la demeure du directeur.

Le jeune homme pénétra dans le hall. D'ici déjà, on entendait vrombir les machines. Un ouvrier qui avait fini sa nuit de travail chiquait, appuyé contre une pile de poutres au rebut, avant de rentrer chez lui.

– Je cherche le bureau de M. Aldinni, dit Gustave.

Au lieu de lui répondre, l'homme dévisagea Gustave, qu'il jugea sans doute bien jeune, car il ne prit ni la peine de se découvrir, ni celle de formuler une réponse cohérente ; il se contenta d'indiquer du menton une passerelle surplombante, sur la droite.

Gustave bifurqua dans cette direction et crut l'entendre marmonner, dans son dos : « bon courage ». Mais, avec le brouhaha des machines, il avait sans doute mal compris. Il trouva le bureau de M. Aldinni à l'étage, et toqua. Une voix l'invita à entrer.

Le directeur ressemblait à un des fourneaux qui carburaient dans la manufacture, avec son ventre rebondi comme une cuve. Il bouillonnait, incapable de tenir en place. Il parlait en agitant les mains, se levait puis se rasseyait, et son regard s'animait d'un feu intérieur, tandis qu'il présentait son entreprise. Cet ancien horloger, mécanicien de génie, il avait eu l'idée de construire des machines à vapeur qui automatisaient certaines étapes de fabrication des pièces métalliques. Ce pas en avant dans le domaine de la sidérurgie arrivait à point nommé. Les projets de construction affluaient à Paris et partout en France. Avec sa méthode de travail à la chaîne, Aldinni pouvait répondre à une demande toujours grandissante.

Imaginez le progrès ! Plus besoin d'employer des ouvriers qualifiés : les manœuvres devaient seulement savoir actionner un levier, visser un boulon, tourner une manivelle... Un enfant aurait pu le faire. D'ailleurs, la manufacture en employait quelques-uns. Et grâce à l'éclairage au gaz, plus besoin de s'arrêter à la nuit tombée. Les ouvriers de jour débutaient à 5 heures du matin et terminaient à 21 heures, heure à laquelle les ouvriers de nuit prenaient le relais. Les machines tournaient pendant vingt-quatre heures. Ainsi, la manufacture produisait quotidiennement 75 tonnes d'acier. Gustave acquiesça, impressionné.

– Certes, avec la fatigue, des accidents se produisent parfois, ajouta le directeur. Mais fort heureusement, ces ralentissements dans la production sont de courte durée. La main-d'œuvre est nombreuse, un travailleur se remplace en un clin d'œil.

Gustave haussa un sourcil, mais M. Aldinni, tout à son enthousiasme, ne s'en rendit nullement compte :

– Ah ! il n'y a pas à dire, le moteur à vapeur est une magnifique invention... continua-t-il. Et ce n'est rien ! Où ira-t-on lorsque nous saurons maîtriser cette énergie, plus puissante encore, qu'est l'électricité ? Voilà une découverte qui promet bien des merveilles !

Tout en écoutant le directeur disserter, Gustave observait le bureau, quêtant les premiers indices qui serviraient son enquête. M. Aldinni se pencha brusquement sur lui. Quittant son ton badin, il demanda :

– Pourquoi vous ai-je embauché, à votre avis ?

Gustave tressaillit. Le directeur aurait-il des soupçons ? Pour se donner contenance, le jeune homme évoqua son diplôme. Le directeur balaya cette réponse d'un geste de la main.

– Vous m'avez été recommandé par des personnalités haut placées. Très bien. Et vous avez fait des études. Soit. Mais croyez bien qu'ici, vos relations et vos savoirs théoriques ne vous seront d'aucune utilité. Ce n'est pas avec ce combustible que tourne ma manufacture. Vous aurez cinquante manœuvres sous vos ordres. Vous avez intérêt à les mater, et à vous faire obéir rapidement, si vous voulez que le navire tourne. Une main de fer dans un gant de velours !

Le directeur attrapa un trousseau de clés.

– Le précédent contremaître était une chiffe molle, continua-t-il. Dépassé par les événements, incapable de tenir les manœuvres et de leur faire respecter la cadence. Il a quitté ses fonctions du jour au lendemain, sans une lettre de démission, rien. Je ne le regrette pas. Mais j'espère que vous serez d'une autre trempe.

Il lui fit signe de le suivre.

Le bureau du directeur se trouvait au centre de la passerelle. Celle-ci s'avançait au-dessus de la grande salle des machines. On aurait dû avoir une belle vue surplombante sur l'entrelacs de tubulures, tapis roulants et bras mécaniques. Mais les machines dégageaient tellement de vapeur qu'on n'apercevait qu'une mer de nuages, d'où émergeait parfois un tuyau d'échappement.

À droite sur la passerelle, le directeur avait installé son atelier.

– C'est une pièce privée, expliqua-t-il. J'ai une petite marotte pour les mécanismes d'horlogerie.

Gustave, avec une curiosité polie, demanda à le visiter.

– Certainement pas ! s'exclama M. Aldinni.

Comme Gustave laissait échapper un mouvement de surprise devant ce brusque emportement, le directeur se reprit :

– Ce ne sont que des babioles… des petits automates divertissants… rien qui pourrait vous intéresser.

Gustave se réjouit intérieurement d'avoir déjà décelé un comportement suspect chez le directeur, quelques minutes à peine après le commencement de sa mission.

À gauche se trouvait le cabinet du contremaître. Le jeune homme se sentit flatté de posséder un bureau à lui tout seul, avec une belle table de chêne, des fauteuils pour recevoir les visiteurs, une reproduction au mur et une statuette d'Héphaïstos en guise de presse-papiers. À l'étage au-dessus, sous les combles, était aménagée sa chambre de fonction.

Une fois la visite terminée, le directeur lui tendit le trousseau de clés et conclut :

– Il vous reste à visiter la salle des machines. Je vous laisse vous y rendre seul et aller à la rencontre des manœuvres, ajouta-t-il avec un air de défi.

Gustave redescendit l'escalier qui menait au grand hall. Il était impatient de découvrir ces machines si modernes que lui avait vantées le directeur. Déjà, il s'interrogeait sur la qualité de la fonte, la précision du travail des pièces métalliques. Il lui tardait, aussi, de fouiller la manufacture dans ses moindres recoins. Est-ce que le phénix se construisait un nid ? Si oui, fallait-il scruter la charpente de l'usine ? L'oiseau glanait peut-être des fils de fer, des clous, de la limaille, avec lesquels il se tissait un abri métallique bien douillet au creux d'une corniche. Ou alors nichait-il plutôt dans la cuve d'un haut-fourneau, au cœur des braises ?

Le jeune homme s'avança vers l'épais brouillard, et s'enfonça dedans comme à travers une bourre de coton. Il dut marcher les bras en avant, de peur de heurter un meuble ou un ouvrier. Tous les sons étaient assourdis. Du martèlement mécanique des machines, il n'entendait plus qu'une palpitation étouffée, semblable à un battement de cœur. La traversée de cette nuée gazeuse lui sembla étrangement longue.

Gustave sursauta. Il aurait juré qu'on venait de le frôler. Il scruta la fumée blanche, cherchant en vain à déchirer le voile. Il avait beau chasser de la main les volutes de vapeur, il était englué dans un nuage opaque où s'agitaient des masses informes. Un frisson coula le long de sa nuque.

Brusquement, la brume se dissipa. Le jeune homme émergea du bourbier blafard pour tomber dans un fourbi de fer et de feu. Une gerbe d'escarbilles s'imprima sur sa rétine, faisant danser des taches dorées devant ses yeux. La salle fourmillait de bras mécaniques qui se démenaient en cadence, et d'ouvriers qui se harassaient au même rythme infernal. Où qu'on pose le regard, des roues, des bielles et des pistons tournaient, avec une rectitude mathématique inlassable.

L'oreille était assaillie par mille bruits discordants : partout on clouait, vissait, rivait, écrouissait, sciait, escapoulait, calorisait, rabotait, corroyait, étampait, décottait, corrodait, mazéait, grenaillait, ébrondait, dolait, dulcifiait, emboutissait, laminait, crampait, ébarbait, burinait, pilonnait, cinglait, brasait et brocardait. Ce vacarme déferlait avec une telle force qu'il poignait le crâne et empêchait de penser.

Gustave persévéra. Il s'avança, cherchant à comprendre l'ordonnance des machines. Mais il était difficile d'avoir une vision d'ensemble des lieux, car des panneaux métalliques séparaient les fours, les laminoirs, les riveteuses et cloueuses, afin d'isoler certaines zones en cas d'incendie. On avançait donc dans un immense labyrinthe.

À chaque détour, un tuyau ouvrait ses purgeurs, et lui soufflait dans la face un jet de vapeur. Les fumées sulfureuses cuisaient l'atmosphère, à un degré presque insoutenable. L'odeur âcre du charbon piquait la gorge et les yeux.

Gustave continua à avancer, et crut être entré à l'intérieur même d'une des machines. Il se passa la main sur le visage. Cette cacophonie lui faisait perdre tous ses repères. Une sensation malsaine grimpait le long de sa colonne vertébrale, qui ne s'expliquait pas seulement par le bruit et la chaleur. Il était certain de percevoir une présence à proximité, et celle-ci n'avait rien d'humain. Il comprit qu'il devait sortir. Rapidement.

Il fit demi-tour, mais trop tard. Quelqu'un, ou quelque chose, l'avait saisi. Il se retourna, tenta un crochet du droit. Son bras ne rencontra que le vide. Il voulut se défendre, mais il étouffait. On lui serrait la poitrine.

Il parvint à faire quelques pas, contourna un panneau, et s'écroula sur le sol.

Quand il rouvrit les yeux, une bande d'ouvriers le considérait avec étonnement.

– Peinchebec, aboule icigo ! Remouche ce pantre, qu'est-ce qu'il baloche ici ?

– Il s'est peut-être piouvilé ?

– Niberque ! Mate le miston, comme il est entapé. Ça sera plutôt un badouillard, un gommeux affeur et propre à mibe.

Gustave se frotta les tempes. Son cerveau avait pris un choc. Voilà qu'il ne comprenait plus un mot de ce que ces hommes disaient. Puis il réalisa que les manœuvres parlaient en argot.

Il se releva et se présenta. Les manœuvres le considérèrent avec un mépris évident. Gustave, embarrassé, plaisanta :

– Il faut le reconnaître… C'est un comble, dans un lieu pareil, de s'évanouir comme une mijaurée qui a ses vapeurs !

Cette boutade ne dérida pas le moins du monde les ouvriers.

Gustave n'osa demander la direction de la sortie. Il repartit d'un pas le plus ferme possible. Dans son dos, il sentait le regard goguenard des manœuvres. Il erra encore quelques minutes entre les machines, et se donna contenance en prétendant étudier leur mécanique. Enfin, un coup de vent soufflant du grand hall dissipa la vapeur, et Gustave aperçut le petit escalier qui menait à son bureau. Il le grimpa quatre à quatre, ferma la porte derrière lui, et s'affala dans un fauteuil. Il lui fallut quelques minutes pour retrouver ses esprits.

Il ne comprenait pas ce qui lui était arrivé. Son imagination lui aurait-elle joué des tours ? Peut-être avait-il simplement fait un malaise en raison des vapeurs toxiques. Mais son instinct lui soufflait qu'il venait d'être attaqué. Plus étonnant encore, il avait perçu son attaquant comme une sorte de présence, une créature immatérielle et inhumaine, sans qu'il puisse toutefois expliquer plus précisément cette étrange sensation.

Le soir, il prit possession de son nouvel appartement de fonction. L'ameublement était plus que sommaire : un lit, une cuvette, une chaise et un bureau. Il devrait ranger ses effets dans la malle qu'il avait apportée.

En soulevant son matelas pour cacher le transtexteur sous son lit, il découvrit une liasse de papiers, glissée entre les lattes du sommier. Il s'agissait de lettres de change, au nom de l'ancien contremaître, que Gustave remplaçait. L'argent était adressé à une femme portant le même patronyme. Gustave feuilleta la liasse. Il y avait là une somme assez importante, sans doute toutes les économies du contremaître.

M. Aldinni avait affirmé que le précédent contremaître avait quitté son poste du jour au lendemain, sans donner de nouvelles. Pourquoi l'homme aurait-il abandonné cet argent derrière lui ? Cela n'avait aucun sens.

Gustave s'assit sur son lit. Ce pigeonnier était encore plus petit que la chambrette insalubre où l'avait logé la Société. Le flot de vapeur qui tourbillonnait des machines s'envolait jusqu'aux charpentes de fer ; il s'immisçait entre les planches du parquet et se déroulait dans la chambre comme un linceul, laissant dans son sillage un effluve de soufre. Le tapage montait lui aussi jusqu'à la chambre, et faisait légèrement vibrer les lattes du parquet.

Une chape de plomb tomba sur les épaules de Gustave. Sa première mission commençait décidément plutôt mal. Le jeune homme eut bien des difficultés à s'endormir. Il fit des rêves agités.

*

Le lendemain cependant, l'agent Φ repartit à l'assaut des machines. Il était décidé à apprivoiser le monstre.

Le jour n'était pas encore levé quand il quitta sa chambre. Les yeux lui piquaient, mais il lui semblait indécent de commencer sa journée de travail bien après les ouvriers, et de rester allongé dans son lit quand, quelques mètres en dessous, les hommes s'exténuaient déjà à la tâche.

Depuis la passerelle, il assista à l'arrivée des ouvriers. Ces derniers avançaient en ligne, d'un même pas pesant, avec une telle ordonnance mécanique que leur cinquantaine de souliers ne produisaient qu'un seul martèlement régulier.

Le chef d'atelier, un grand gaillard qu'on appelait le père Malloy, actionna la cloche qui annonçait la relève. Les ouvriers de nuit quittèrent leur poste, les ouvriers de jour prirent leur place. Aucun mot n'était échangé. Gustave concentra son attention sur les machines. Les nuages de vapeur se dissipaient par intermittence, dégageant la vue.

M. Aldinni n'avait pas lésiné sur les moyens. On aurait dit que la manufacture hébergeait une énorme pieuvre. Au centre se dressait un dôme. C'était le générateur central. Il ouvrait une gueule béante, où les manœuvres enfouissaient toute la journée des tonnes de charbon. Le sommet de son crâne, grand ouvert, laissait s'échapper le trop-plein de vapeur. D'en haut, lorsque les nuées se dissipaient, on apercevait les rouages qui tournaient furieusement à l'intérieur de la bête. Depuis ce corps principal s'étendaient des dizaines de tentacules. Cette tubulure d'acier sinuait partout dans la manufacture, distribuant l'énergie aux autres machines.

C'était sans doute à l'intérieur de ce dôme que Gustave s'était égaré le premier jour, et qu'il avait cru être attaqué. Le jeune homme, fasciné, contemplait cet énorme engin avec un mélange d'émerveillement et de défiance. Impossible de ne pas s'incliner devant le génie mécanique de M. Aldinni, qui avait enfanté cette bête surpuissante. Néanmoins, il lui semblait que la machine dégageait une aura malsaine, sans qu'il puisse expliquer l'origine de ce ressenti.

Gustave descendit et retraversa le panneau de brume. Cette fois, il s'était préparé. Le tintamarre et la chaleur le surprirent un peu moins. Il suivit le chemin du métal. La fonte était d'abord versée dans un four à puddlage. Une fois en fusion, les grains de fer apparaissaient, regroupés en loupes : il fallait escapouler pour dégrossir ce liquide. Les manœuvres, torse nu, s'éreintaient à brasser le bain métallique et à en retirer des grumeaux de près de trente kilos. Après avoir été coulées, les pièces passaient au cinglage. Le marteau-pilon les comprimait, afin d'expulser les dernières impuretés, et souder les grains en une masse compacte et solide. Enfin, on les glissait entre les trois gros rouleaux cylindriques du laminoir, où elles étaient aplaties et calibrées.

L'impression de fouillis qui saisissait quand on entrait dans la salle venait de ce que toutes les machines avaient le ventre à l'air. Leurs rouages étaient exposés. Un revêtement métallique aurait coûté cher. Et, ainsi dénudées, les machines se prêtaient aisément à une réparation à la volée. Il fallait juste éviter de laisser traîner une mèche de cheveux, un doigt, un pan de vêtement, ou les mâchoires de métal risquaient de les croquer.

Le générateur central soufflait dans les soupapes avec une rage jamais assouvie. Les pistons et courroies, fouettés par cette décharge de vapeur, se démenaient dans une cadence endiablée. En bout de chaîne, les manœuvres trimaient pour garder le rythme. Ils ramaient à toute bringue, sans même prendre le temps d'essuyer leur front couvert de sueur. Nul besoin de fouet : un tressaut de la machine et l'ouvrier charriait plus vite encore pour ne pas se retrouver à la traîne.

Aussi personne ne s'intéressait à Gustave. Les ouvriers ne quittaient pas leur machine des yeux, ne tournaient pas la tête sur son passage. Ils faisaient corps avec l'engrenage, répétant automatiquement le même coup de marteau ou de vis, comme s'ils étaient eux-mêmes un prolongement du générateur central.

Soudain, un électron libre troubla cette belle ordonnance. Une étincelle de vie passa dans la salle des machines. Gustave sentit qu'un animal lui filait entre les jambes. Il suivit la créature, qui passait comme un éclair entre deux riveteuses. Il crut d'abord voir un petit singe, avant de reconnaître un môme tout noirci. Le gamin était soigneusement recouvert de charbon, de graisse et de suie.

Un manœuvre cria une phrase en argot. Avec horreur, Gustave vit l'enfant plonger entre les roues dentées, en plein dans la gueule de la riveteuse. Les ouvriers poursuivaient leur ouvrage, indifférents, sans ralentir la cadence. Gustave s'approcha à grands pas, prêt à lancer l'alerte. Le mioche ressortit aussitôt, indemne, un marteau en main. Il tendit l'outil à l'ouvrier, qui le prit avec un hochement de tête satisfait. L'instant d'après, l'enfant était reparti.

Gustave apprendrait plus tard que la manufacture embauchait une poignée de ces gamins maigris par la fièvre. Eux seuls étaient assez fluets pour se faufiler entre des tournebroches et remettre un piston en place, ou ramasser une clé tombée dans le moteur. De temps à autre, on apercevait donc un marmot maigre comme un clou, accroupi sous les dents d'une machine sombre, occupé à vérifier un cohéreur. Ou alors, c'était un crapoussin haut comme trois enclumes, qui filait entre deux bras mécaniques, étonnamment vif sur ses jambes décharnées.

Gustave profita de la pause déjeuner pour aborder à nouveau les ouvriers. Les hommes se rejoignaient sur des petits bancs, sous lesquels ils avaient glissé leurs paniers. Ils se versaient le café, avalaient leurs tranches de pain, l'air fourbu déjà à la mi-journée, échangeant à peine quelques mots.

Gustave se rappela les conseils du directeur : il fallait leur serrer la vis. Cependant le jeune homme ne voyait rien à resserrer : les ouvriers, enchaînés à leurs machines, se comportaient en pantins obéissants. Il hésitait donc sur l'attitude à adopter. Le temps qu'il ressasse ces réflexions, il était arrivé devant un ouvrier. Il fallait bien dire quelque chose. Nerveux, il ouvrit la conversation avec son plus beau calembour : « Je vous ai vu travailler le métal. C'est impressionnant. Vous avez l'*airain* solide ! » Il ponctua ce jeu de mots d'un petit rire, qui tomba dans un silence de plomb. Les quelques commentaires polis qu'il risqua ensuite n'obtinrent pas de réponse plus élaborée.

Ces maladroites tentatives d'approche furent interrompues par un cri glaçant, qui couvrit pendant quelques secondes le vacarme des machines. Gustave regarda autour de lui, cherchant l'enfant blessé, l'ouvrier à terre. Rien. Autour des machines, les manœuvres continuaient leur pantomime répétitive. Les camarades en pause mâchaient leur pain bis, le regard perdu dans le vague. Gustave les interrogea d'un ton pressé. Personne n'avait rien entendu. C'était très certainement le sifflement d'une soupape laissant s'échapper la vapeur.

Malgré la chaleur, le jeune homme réprima un frisson. Cet endroit mettait ses nerfs à vif. L'air de rien, Gustave demanda aux ouvriers s'ils avaient déjà vu passer un oiseau dans l'atelier. Sa question lui valut quelques haussements d'épaules, trois regards perplexes et un grognement circonspect. Il n'apprit rien de plus, et acheva de passer pour un simple d'esprit auprès de l'équipe.

Déjà les manœuvres qui avaient avalé leur pitance et, sur l'ordre du chef d'atelier, repartaient travailler. Un second groupe prit place sur les bancs. Gustave, planté debout devant eux, poursuivait vainement ses civilités, s'efforçant de nouer un contact avec ces hommes usés et indifférents. À nouveau, il se perdit dans des considérations formelles. Il hésitait sur l'adresse à adopter pour les saluer. « Mes braves » semblait décidément trop paternaliste. « Messieurs » était bien trop formel. Comme un manœuvre passait devant lui, il se décida pour un « Bien le bonjour, jeune homme ! » enthousiaste et de bon aloi.

Les ouvriers alentour sortirent de leur torpeur et partirent d'un grand éclat de rire. Le manœuvre qu'il venait de saluer, d'un air mutin, répondit en soulevant sa casquette, révélant une abondante chevelure brune. L'ouvrier était une femme rougeaude aux bonnes joues mafflues. Elle devait avoir une trentaine d'années. La manufacture n'avait pas encore flétri son visage rebondi, ni complètement éteint son sourire. Elle était vêtue en tout point comme ses collègues. Sa large salopette masquait ses formes.

Autour de Gustave, les remarques fusaient :

– Ces coquebins, c'est-y bien gourde !

– À pas savoir détrancher un gons d'une gonzesse.

– Faut lui cirer les châsses !

Les ouvriers s'étaient enfin dérouillés, mais c'était pour mieux chambrer la naïveté de leur jeune contremaître. Ils se poussaient du coude, échangeaient des clins d'œil narquois. Ils n'étaient pas près d'oublier cette bourde. Gustave décida qu'il était temps de rejoindre son bureau.

Là, il poursuivit son étude des registres de la manufacture. Il étala les documents et compulsa les feuillets. Ceux-ci indiquaient la production de fer, les roulements d'équipe, les frais engagés, les devis et les commandes. Il absorba toutes ces informations.

En fin de journée, il referma le dernier registre. Sa tête dodelinait. Il ferma les yeux. Les noms et les chiffres s'assemblaient peu à peu. Pourtant, dans ce paysage bien ordonné, un rouage bancal gênait la bonne marche de l'ensemble. Gustave avait rapidement mémorisé les noms de tous les employés dans la manufacture. Or certains d'entre eux disparaissaient brusquement des registres. S'agissait-il de renvois ? De démissions ? Ou d'accidents du travail ? Gustave rédigea un premier rapport à Alfred, dans lequel il nota toutes les informations glanées depuis son arrivée.

*

Le lendemain, Gustave interrogea M. Aldinni sur ces défections. Le directeur fit un geste évasif :

– Les ouvriers, on ne peut pas compter sur eux. Quand ils ne se blessent pas par manque de vigilance, ils quittent l'usine sans prévenir, sans la moindre considération pour les soucis que cela me cause !

Gustave insista :

– J'aimerais comprendre au mieux le fonctionnement de la manufacture. Mais je ne voudrais pas vous faire perdre votre temps, cela va de soi. Ne vous donnez pas le mal d'extraire les données, laissez-moi consulter moi-même les dossiers.

Le directeur se braqua.

Gustave accueillit avec satisfaction cette rebuffade, qui lui donnait une excuse pour commettre la toute première infraction de sa carrière d'agent secret.

Il mit au point un plan stratégique très élaboré, en onze étapes :

1) sortir subrepticement de sa chambre pendant la nuit ;
2) se faufiler en douce derrière un laminoir pendant les quelques minutes de battement lors de la relève des équipes ;
3) très discrètement, scier une bielle à moitié ;
4) le lendemain matin, guetter la panne ;
5) une minute avant, entrer chez le directeur sous prétexte de lui rendre les devis ;
6) le plus naturellement du monde, ouvrir la fenêtre de son bureau pour faire entrer l'air ;
7) jouer la comédie devant le directeur, prétendre être très malade, et demander à se retirer dans sa chambre ;
8) quitter le bureau en laissant la fenêtre ouverte ;
9) monter dans sa chambre pendant que le directeur, alerté, sort réparer le laminoir ;
10) attacher une corde au poêle et la lancer par la fenêtre ;
11) descendre la façade en rappel et s'introduire dans le bureau du directeur.

Gustave exécuta ce stratagème complexe à la perfection. Alors qu'il descendait le long de la corde, il se félicita de l'exactitude de son minutage. Il faudrait un quart d'heure au moins au directeur pour réparer la panne. Cela lui laissait le temps de consulter les registres et remonter dans sa chambre. Il s'approcha du parapet et mit une jambe à l'intérieur.

Il se pencha. Et tomba nez à nez avec une jeune fille.

Alliage du chapitre 6

40 % de zinc,
60 % de première rencontre,
1 crochetage de serrure

La jeune fille ne sursauta pas. Elle ne cria pas. Elle ne s'évanouit pas d'effroi. Elle ne recula pas vers la porte. Non. Avec un aplomb admirable, elle se tourna vers Gustave et le regarda froidement.

Elle dégageait un charme troublant. Gustave se perdit dans la contemplation de son visage. Un rayon de soleil balayait ses cheveux cuivrés, embrasant son front. Sous la frange rutilante, deux yeux gris étincelaient d'un bel éclat métallique, si perçant qu'à l'instant où elle posa son regard sur Gustave, il se sentit foré jusqu'au cœur.

Enfin, il se ressaisit, et s'aperçut qu'il était encore à cheval sur le rebord de la fenêtre. Il rougit de cette posture incongrue. La jeune fille le considéra longuement, en proie sans doute à une hésitation bien légitime. Puis, comme si elle décidait enfin de jouer le jeu, elle se détendit et osa même un sourire. Gustave faillit tomber du parapet. Il se rattrapa à la poignée de la fenêtre, termina d'enjamber le rebord et fit quelques pas dans le bureau.

– Mademoiselle, déclara-t-il en s'approchant d'elle, je suis Gustave Eiffel, le contremaître de cette manufacture. Vous devez trouver mon comportement un peu bizarre. Mais je vous serai reconnaissant de ne pas me dénoncer.

Le sourire de l'inconnue s'agrandit, et Gustave vit un éclair de malice briller dans sa pupille. Elle éclata de rire. Quelle audace ! En voilà une qui n'avait pas froid aux yeux.

À cet instant, le directeur ouvrit la porte de son bureau, grommelant pour lui-même contre ces pannes à répétition qui ralentissaient sa production. Il fronça les sourcils en apercevant son contremaître.

– Eh bien ! vous voilà déjà guéri ? demanda-t-il avec mauvaise humeur.

– J'ai entendu le sifflet et je suis descendu aux nouvelles, malgré mon indisposition, répondit Gustave.

Il espéra que la jeune fille n'ajouterait rien. Elle ne dit pas un mot. Le directeur se tourna vers celle-ci.

– Bertie, excuse-moi de ce contretemps ! s'exclama-t-il.

Il couvait l'inconnue d'un regard tendre. Sa mauvaise humeur s'était d'un coup envolée.

– Je vous présente ma fille, Isamberte, dit-il en posant un bras protecteur autour des épaules de la jeune femme. C'est sans conteste ma plus belle création, ajouta-t-il avec un clin d'œil.

– Enchanté de faire votre connaissance, mademoiselle, dit Gustave. Avez-vous pu réparer la panne ? demanda-t-il au directeur.

– Oui, oui, ce n'était rien, encore une bielle qui avait cassé, dit le directeur. Mais ces tuyaux d'acier devraient être plus résistants. C'est à s'y désespérer.

Gustave salua sa réactivité. M. Aldinni l'écoutait à peine. Toute son attention était tournée vers sa fille. Il courut fermer la fenêtre, de peur que cette dernière ne soit incommodée par les morsures de l'air. Puis il proposa une tasse de thé.

– Bertie, sers-nous, s'il te plaît.

Isamberte s'exécuta. Gustave ne se lassait pas de la regarder. Ses gestes étaient admirables de précision. Elle versait le thé d'un mouvement rapide et assuré, sans qu'une goutte ne gicle hors de la tasse. Quand la collation fut servie, Gustave lui dit :

– Prenez donc un siège, mademoiselle. Si vous le voulez bien, puisque nous parlons de bielles, je m'*acier* à côté de vous.

Isamberte plissa des yeux, dubitative. Son silence disait tout le bien qu'elle pensait de ce terrible calembour. Pour se rattraper, Gustave ajouta :

– Ce thé est délicieux.

– Je vous en prie, répondit la jeune fille.

Gustave frissonna. Isamberte avait une voix rauque, incroyablement séduisante. Oublieux des convenances, il ferma les yeux, pour mieux graver dans sa mémoire le timbre délicieusement enroué de la jeune fille.

Le monde se rappela bientôt à lui, par le biais d'une remarque sardonique du directeur. M. Aldinni fit observer que Gustave semblait aller beaucoup mieux, et se réjouit de voir qu'il pourrait reprendre le travail. À regret, le jeune contremaître prit congé.

– À bientôt, ajouta-t-il en quittant le bureau, les yeux toujours tournés vers Isamberte.

– Oui, dit simplement celle-ci.

Il sembla à Gustave qu'elle avait mis une chaleur toute particulière dans ce simple mot. Le jeune homme y vit un heureux présage, l'assurance d'un prochain rendez-vous.

Gustave retourna à son bureau, mais il était incapable de tenir en place. Il descendit dans la salle des machines pour surveiller la chaîne de travail. Peine perdue : son esprit était encore tout retourné. Toute la journée, il tourna dans la manufacture, rêveur et distrait. Au soir, s'agaçant lui-même de sa déconcentration, il sortit devant la manufacture, dans l'espoir que l'air frais lui remettrait les idées en ordre.

Il fit quelques pas entre les piles de linteaux qui s'entassaient dehors. La nuit commençait à tomber. Les ombres des poutres s'allongeaient démesurément, barrant le sol d'un bandeau noir. Le vent s'était levé. Lorsqu'il soufflait entre les travées métalliques, il faisait entendre une plainte aiguë et lugubre.

Soudain, Gustave aperçut une silhouette qui se faufilait entre deux linteaux. Un homme approchait en catimini. Gustave fit aussitôt un pas en arrière pour se dissimuler dans l'ombre. Silencieusement, il tâta autour de lui, à la recherche d'une arme de fortune. Sa main se referma sur un tuyau en fonte. Il tendit l'oreille.

L'inconnu marchait le plus discrètement possible. Ses pas ralentirent, comme s'il avait perçu le danger. Gustave s'élança en brandissant le tuyau.

Les leçons de Constance avaient clairement porté leurs fruits, car il s'arrêta juste avant d'assommer Alfred.

– Excellents réflexes, Eiffel ! s'exclama son ami en riant.

– Excusez-moi ! dit aussitôt Gustave en reposant son tuyau. Mais je vous avouerai que je suis un peu surpris, Nobel. Que faites-vous donc ici ?

Suite au premier rapport de Gustave, Alfred avait cherché l'identité de la femme à qui étaient adressées les lettres de change trouvées sous le matelas. Il aurait pu simplement répondre par courrier, mais n'avait pas résisté au plaisir de rendre visite à son camarade.

– Les bons sont destinés à la mère de l'ancien contremaître, expliqua Alfred. C'est une vieille femme impotente. Elle est logée dans le village ouvrier.

– C'est étrange qu'il ne les lui ait pas transmis… Il lui est sans doute arrivé quelque chose.

Alfred opina gravement.

– Oui, dit-il, ce point mérite d'être creusé.

– J'ai le sentiment qu'il se trame quelque chose de louche dans cette manufacture, poursuivit Gustave. Avez-vous lu mon compte rendu sur ma première visite du générateur central ? Qu'en pensez-vous ?

Alfred prit un air embarrassé. Finalement, il répondit sincèrement :

– Vous faites état de pressentiments bien vagues. Cette « présence » que vous avez ressentie n'est qu'une supposition. Vous devriez vous montrer moins impressionnable, et plus rigoureux. N'oubliez pas qu'au départ de votre enquête, il n'y a que les élucubrations d'un vieil agent fou. Il faut creuser la piste des disparitions, j'en conviens. Mais à moins que vous n'ayez fait de nouvelles découvertes, pour le moment, c'est bien mince.

– Oh ! mais j'ai fait une nouvelle découverte ! s'exclama Gustave.

Alfred se pencha, très intéressé.

– Laquelle ? demanda-t-il.

– J'ai rencontré une fille.

Alfred prit son air le plus sévère. Il s'apprêta à sermonner son ami, lui rappeler que la Société lui avait accordé sa confiance en le chargeant de cette enquête, et qu'il devait mener au mieux sa mission sans dévier de ses objectifs. Finalement, il ne résista pas à la tentation d'en savoir plus. Une fille ! Voilà une nouvelle diantrement intéressante. Il pressa Gustave de questions. Ensemble, ils débattirent des meilleurs stratagèmes pour aborder la gent féminine.

La nuit était définitivement tombée quand Alfred s'en alla. En s'éloignant, il rappela à son ami qu'il devait investiguer en gardant la tête froide, et relever des preuves concrètes. Gustave retourna dans sa chambre, plus motivé que jamais. Il prouverait à Alfred que ses pressentiments étaient fondés, et que la manufacture cachait quelque mystère surnaturel.

*

Le lendemain, au soir, il sortit observer le travail de l'équipe de nuit. Après tout, le phénix était peut-être un oiseau nocturne.

Après le coucher du soleil, la salle des machines prenait une allure fantasmagorique. La lueur des lampes à gaz nimbait les nuages de vapeur d'un halo phosphorescent. Les silhouettes des manœuvres se découpaient au milieu des nuées.

Le chef d'atelier passait entre eux, veillant à la bonne marche des machines et des hommes. Gustave reconnut le père Malloy. C'était un grand type fruste qui paraissait infatigable. Solide, bien charpenté, il dressait un poitrail épais, qui s'élevait ou s'abaissait avec des mouvements de soufflet de forge. Il n'avait presque pas de cou, si bien que sa tête rasée semblait directement emboutie dans son torse. Il dirigeait les équipes d'une main de fer, et les ouvriers avaient pour lui un grand respect.

Gustave salua le père Malloy. Ce dernier fronça les sourcils en voyant le contremaître dans les parages au milieu de la nuit, et lui rendit son salut de mauvaise grâce.

Le jeune homme commençait à se familiariser avec la salle des machines. Une fois de plus, ses pas le portèrent du côté du générateur central, comme si cet engin l'appelait. Les panneaux de métal qui formaient le dôme n'étaient pas soudés entre eux. On pouvait sans mal entrer au cœur de la machine et se promener entre ses rouages.

De nuit, les contours informes de la machine ressemblaient au ventre rebondi d'une énorme bête. Celle-ci, endormie, zonzonnait paisiblement. Gustave était à la fois attiré et effrayé par cet étrange animal. Mais maintenant qu'il avait mis le doigt dans l'engrenage, impossible de reculer. Il courba les épaules et fit un pas dans les entrailles du monstre.

À l'intérieur, le bruit des rouages était tellement assourdissant que Gustave en ressentait les vibrations dans sa poitrine. Il avança, une main devant le front, attentif à ne pas se laisser surprendre, cette fois-ci. Une fois de plus, il fut saisi par un sentiment de malaise incompréhensible. Bien que loin du regard des ouvriers, il avait l'impression d'être observé. Il croyait voir des yeux dans les nœuds des roues dentées.

Parfois, une soupape laissait échapper un jet de scories métalliques. Gustave plissait les paupières devant ce nuage d'étincelles irisées. Ces éclairs lumineux agressaient le fond de sa pupille et vrillaient son cerveau. Une image restait quelque temps imprimée sur sa rétine, qui prenait étrangement la forme d'un oiseau aux ailes déployées. Puis le jeune homme secouait la tête, persuadé que le vacarme et les fumées nocives troublaient son imagination.

Soudain, quelque chose approcha. Gustave était incapable de nommer ce qui se glissait entre les rouages mais, une fois encore, il eut la certitude instinctive d'une présence à l'intérieur de la machine.

La chose tapie dans les rouages n'était pas humaine. Et elle voulait que Gustave meure. Le jeune homme lutta contre le délire qui embrumait son cerveau. Il lui semblait que la créature lui offrait la mort sur un plateau d'argent. Il refusa, se débattit farouchement. Il fit demi-tour et chercha à quitter le générateur. Il comprima ses muscles, continua à avancer, s'obligeant à ne pas flancher, intimant à son cerveau l'ordre de ne pas s'éteindre. Il sentit son corps mollir et sa vue se troubler.

À ce moment-là, quelqu'un se mit à l'enguirlander.

– Par la mordieu ! Ces mirliflores, ça n'a pas plus de moelle que de bon sens.

Le chef d'atelier l'attrapa sans ménagement par le col.

Dès qu'ils furent hors du générateur, Gustave retrouva ses esprits. Il remercia le chef d'atelier, qui répondit par un haussement d'épaules bourru. Puis le jeune contremaître retraversa la salle des machines et sortit. L'air du dehors lui fit du bien. Le ciel nocturne lui sembla magnifique, si large et rassurant.

Il s'accouda au mur. Il sentit ses neurones se désenrayer, et la mécanique de son cerveau se remettre laborieusement en marche. En vain : ce qui venait de se passer dans le générateur ne faisait aucun sens. Avait-il été victime d'une hallucination ? Pourtant, son intuition lui soufflait qu'il n'avait pas rêvé.

Gustave sursauta. Tout à ses pensées, il n'avait pas vu qu'un manœuvre se tenait non loin. Accroupi contre le mur, ce dernier chiquait tranquillement son tabac, crachant de temps à autre un jet de salive marron. Un coup d'œil plus appuyé au bonhomme lui révéla qu'il s'agissait d'une bonne femme. Gustave reconnut l'ouvrière qu'il avait saluée le premier jour.

Cette dernière éructa gracieusement un dernier graillon et se releva. Elle étira les bras au-dessus de sa tête, et frotta ses lombaires courbaturées par une longue journée de travail. Plus accorte que ses collègues, elle s'approcha du contremaître pour faire un brin de causette avant de rentrer chez elle. Gustave la salua aussi poliment qu'une femme du grand monde, et se permit un honnête compliment sur sa bonne mine. La femme s'exclama, conquise :

– Cordieu ! N'est-il pas pingaud, ce nouveau petit contremaître ? Poli comme une jante chromée, gentil comme un sou neuf !

À la vue de son visage pâlot, elle demanda avec sollicitude :

– Mais ! Vous êtes malade ?

– Ce n'est rien, répondit Gustave. Je suis rentré dans le générateur central, pour observer son mécanisme. J'ai sans doute respiré des vapeurs nocives.

Le visage de l'ouvrière se ferma.

– Faut pas traîner dans le générateur, dit-elle. C'est dangereux. C'est pas un lieu pour un gentil gars comme vous.

Et, changeant aussitôt de sujet :

– Je me présente présentement : on m'appelle la Malloise.

– Comme le père Malloy ? demanda Gustave.

– C'est mon frelot ! Mon frangin, quoi. Mon aîné. On se tient les coudes, vu comme on est dévernis tous les deux, à croire qu'on est abonnés au guignon. Mon Julot à moi, il est clamsé, et la Julotte à mon frelot, clabotée itou. Alors on piaule ensemble. Je trimarde comme je peux, et puis je l'aide à gérer sa marmaille. Il a cinq marmotons, ça en fait des ventres à remplir ! Vous en connaissez un, un mouflet bien joli, bien dégourdi, sûr que vous l'avez vu passer ! Timalloy, on l'appelle.

Gustave, étourdi, écoutait l'ouvrière, saisissant certaines informations entre deux mots d'argot. Les registres de la manufacture lui revinrent en mémoire, et il finit par reconstituer les propos de la bonne femme. Elle était veuve, tout comme le chef d'atelier, son frère. Ils vivaient donc ensemble. Elle élevait ses neveux et nièces, cinq enfants en bas âge. Le plus âgé, Timalloy, avait 12 ans. Il travaillait déjà à la manufacture. C'était un de ces mômes grêles aux grands yeux caves qui virevoltaient entre les machines.

Gustave se sentit touché par l'histoire de cette famille d'ouvriers. Il demanda à la Malloise s'il n'était pas trop dur d'être le seul élément féminin de son équipe.

– La manufacture n'est pas un lieu pour les femmes, ajouta-t-il avec sollicitude.

– Pas pour les femmes, pas pour les femmes ! On n'est pas en sucre ! éructa la Malloise. Il n'y a qu'à voir Mlle Aldinni, quand elle se promène dans la salle des machines. Elle connaît chaque mécanisme. Elle sait parler aux moteurs. Sous son petit doigt, des engins que dix hommes ne parviennent pas à mater filent tout doux.

Gustave s'excusa. La Malloise, pas rancunière, le raccompagna à l'intérieur, et poussa l'amabilité jusqu'à lui présenter une partie de la troupe.

Ils saluèrent d'abord Peinchebec, un grand échassier monté sur des gambettes interminables. Ce dernier répondit en soulevant sa casquette et toquant sur son crâne ras. Sa caboche fit entendre un bruit métallique. La Malloise sourit.

– Il s'est fait un trou au ciboulot en faisant le malin avec une visseuse, expliqua-t-elle. On l'a bien soigné, on lui a mis une plaque de fer grande comme la paume pour boucher l'ouverture. Maintenant, il adore faire cette blague. Il passe son temps à buquer son cabochon pour faire entendre le bruit de cloche.

Plus loin, l'ouvrière lui présenta un fort à bras qui travaillait torse nu.

– Archal, dit-elle, voici notre nouveau contremaître.

Archal répondit par un grognement. Il était fort occupé à comprimer une feuille de métal à grands coups de maillet. Gustave observa malicieusement :

– Votre planche, là, elle est tout *aplatine* !

La Malloise manqua de s'étrangler.

– Il va vraiment falloir arrêter avec les calembours foireux, décréta-t-elle sans ambages au contremaître.

Gustave, en galant homme, ne voulut pas la contredire. Il s'inclina, déçu que personne n'apprécie la finesse de ses traits d'esprit.

La Malloise termina rapidement les présentations. Gustave commençait à saisir l'argot que les ouvriers parlaient entre eux. Des noms de femmes revenaient souvent dans les brefs propos qu'ils échangeaient. La mère Michel, la petite Anne ou la grosse Rosa faisaient entre eux l'objet de plaisanteries sans doute très salaces. Ces baguenauderies ne gênaient pas la Malloise, qui riait de bon cœur à ces sous-entendus.

*

Le lendemain, Gustave accompagna le directeur et le père Malloy dans leur visite hebdomadaire de la manufacture. M. Aldinni passait d'un engin à l'autre, guignant avec amour les engrenages, à l'affût du moindre accroc. Il palpait de la même manière les hommes et les machines, et s'arrêtait tantôt pour resserrer un joint, tantôt pour redresser un bras.

Près de chaque gros fourneau se trouvaient des bassins qui servaient de réserve d'eau en cas d'incendie. Avec le temps, l'eau s'était évaporée. Des flaques croupissantes parsemaient le fond des réservoirs. Gustave en fit l'observation. Il faudrait prendre quelques heures sur la journée de travail des ouvriers pour les remplir à nouveau.

– Oui, oui, dit M. Aldinni. Nous nous en occuperons. Mais pas cette semaine. Hors de question de prendre du retard sur la livraison.

Un grand fracas interrompit leur échange. Non loin, un ouvrier procédait au rivetage des deux pans d'un arbalétrier. Au dernier coup de maillet, la charnière s'était brisée, et la lourde poutre était tombée sur le pied du manœuvre. Le directeur se précipita. Sans perdre un instant, il se pencha sur l'ouvrier, et procéda aux soins les plus urgents : il lui prodigua un sermon bien senti sur le respect des pièces produites dans la manufacture. Le rivetage était une opération délicate ! Il s'y était mal pris, et voilà le résultat. Un bel arbalétrier tout neuf qu'il allait falloir mettre au rebut ! L'ouvrier, avec un égoïsme invraisemblable, écoutait à peine les conseils avisés de son patron, et se préoccupait surtout de ses quelques orteils en moins.

Gustave et le chef d'atelier soulevèrent la poutre. Le pied de l'ouvrier avait doublé de volume. Magnanime, le directeur autorisa le manœuvre à rentrer chez lui se soigner. Après son départ, Gustave fit observer :

– Les brisures au rivetage ne proviennent pas d'une maladresse des ouvriers. L'acier est un métal résistant, certes, mais trop rigide. Il gère mal la compression. Si nous le remplacions par le fer…

– Mes machines produisent des pièces de grande qualité, coupa le directeur.

– Ce ne sont pas les machines que je remets en question. Le choix du métal...

– Ne perdons pas de temps. Passons à la suite.

L'inspection se poursuivit sans que Gustave puisse placer un mot de plus.

À la fin de la visite, Isamberte les rejoignit. La jeune femme déambulait entre les machines comme dans un boudoir. Elle ne semblait affectée ni par la chaleur ni par le brouhaha. C'est tout juste si les températures caniculaires avaient fait poindre un peu de rose sur ses pommettes. Son visage était entouré d'une tresse de cheveux cuivrés, et pas une mèche ne dépassait. Gustave rabaissa nerveusement ses manches retroussées. Il espéra qu'il faisait tout aussi bonne impression.

Les manœuvres avaient une façon particulière de la saluer, d'un air à la fois prévenant et respectueux. Ils la traitaient avec l'affection qu'on aurait pour une enfant chérie qu'on a vue grandir, et une évidente admiration pour la jeune femme qu'elle était devenue.

Elle portait un tablier tout simple, couleur vert-de-gris. Souriante, elle sinuait d'un engin à un autre. Elle passait une main négligente sur les rouages, comme elle aurait flatté le flanc d'un cheval. Ses doigts délicats effleuraient les engrenages, frôlaient les picots acérés d'une roue dentée, et il semblait qu'à cette caresse, la machine calmait sa mécanique, tournant plus doucement, pour ne pas risquer d'abîmer les ongles de la belle.

Comme la jeune femme se trouvait un peu en retrait, Gustave en profita pour l'aborder. Cette dernière admirait un ressort hélicoïdal qui se resserrait, puis se détendait sur une cocasse cabriole. Intimidé, ne sachant comment ouvrir la conversation, Gustave se lança dans une explication très détaillée du mécanisme qui se trouvait devant eux.

– Vous vous intéressez aux machines, mademoiselle ? lui demanda-t-il à la fin.

La jeune femme sourit. Le cœur de Gustave se détendit plus violemment encore que le ressort hélicoïdal. Quand elle souriait, Isamberte s'éclairait de l'intérieur. C'était un phénomène tout à fait étonnant. Sans doute, ses circuits internes, activés par la contraction des zygomatiques, propageaient un courant qui produisait une lumière incandescente. Devant l'air troublé du jeune homme, Isamberte éclata de rire. Pour se donner contenance, Gustave poursuivit sa dissertation.

– Moi aussi, je trouve ces moteurs automatiques tout à fait fascinants. D'ailleurs, je pensais me rendre dimanche prochain à l'Exposition universelle, ajouta-t-il. La galerie des Machines vous intéresserait certainement.

Et il se mit à débiter le programme de l'Exposition et tout ce qu'on pouvait y admirer. Il devait parler fort, car le bruit des machines couvrait sa voix. Galvanisé par son propre discours, il termina avec une envolée lyrique sur le progrès et sa passion pour ce siècle tout en découvertes et constructions. Isamberte l'écoutait avec attention. Devant l'air tellement enthousiaste du jeune contremaître, elle laissa échapper une exclamation :

– Je vous envie !

Il sembla à Gustave que ces quelques mots cachaient une grande amertume.

– Mais vous pourriez m'accompagner à l'Exposition ! dit le jeune homme, dans l'espoir de voir Isamberte retrouver le sourire. Je serais heureux de vous y emmener.

Isamberte baissa la tête. Gustave comprit d'où venait son embarras.

– Je demanderai la permission à votre père, bien sûr. Voulez-vous que je m'en charge ?

– Oui, répondit aussitôt Isamberte.

Gustave perçut une pointe de soulagement dans sa voix. Il se demanda si la jeune fille craignait son père.

Dès que le chef d'atelier se fut éloigné, Gustave prit M. Aldinni à part. Il formula son invitation, se montra avenant, joua ses cartes de jeune homme bien sous tous rapports. Le directeur regarda Gustave et répondit simplement :

– Non.

Il lui tourna le dos et s'éloigna. Gustave lui emboîta le pas et, avec toute la courtoisie possible, insista :

– Isamberte avait l'air très intéressée par la galerie des Machines. Et l'Exposition universelle fermera bientôt.

Le directeur pivota sa masse impressionnante vers Gustave :

– Je vous remercie de votre sollicitude, dit-il. Puisque Isamberte est aussi passionnée que vous le dites, je ne vais bien sûr pas la priver de ce petit plaisir. Je l'accompagnerai moi-même à la galerie ce dimanche.

Gustave s'inclina, dépité.

Il remonta dans son bureau. Avant d'y entrer, il s'accouda un instant à la passerelle. Entre deux nuages de vapeur, il aperçut Isamberte. La jeune femme dansait une ronde avec les enfants de la manufacture. Avec du fil de fer et des boulons, ils lui avaient tressé une couronne qui ornait gracieusement sa chevelure. Elle riait en tournoyant avec les gamins noirs de suie qui sautillaient au rythme des pistons. Parfois, Isamberte interrompait la farandole pour ramasser des clous. Elle les tordait pour fabriquer de petits bouquets, qu'elle offrait aux enfants. Timalloy, le fils du chef d'atelier, se montrait galant avec la jeune femme et, du haut de ses 12 ans, s'essayait à lui conter fleurette.

Non loin, le directeur, aidé du chef d'atelier, distribuait des comprimés de fer aux manœuvres pendant leur pause, avec un enthousiasme forcé. Malgré le bruit, on distinguait des bribes de son discours. M. Aldinni répétait que le fer était important pour la santé. Il se réjouissait d'avoir une équipe d'ouvriers solides, capables d'abattre toujours plus d'ouvrage. Les manœuvres avalaient leur cachet sans broncher.

Gustave revint à son projet avorté : il n'avait toujours pas réussi à fouiller le bureau du directeur. Puisque sa première tentative, de jour, avait échoué, il tenterait donc de s'y rendre de nuit. Pour cela, il mit au point un plan tactique très complexe en huit étapes :

1) fabriquer un petit crochet ;
2) se procurer une pince en acier ;
3) à l'aide de ces deux outils, s'entraîner à crocheter la serrure de la porte de son bureau, jusqu'à parfaitement maîtriser la manœuvre ;
4) quelques minutes avant l'effraction, s'approcher en catimini de la poinçonneuse située sous la passerelle ;
5) ouvrir secrètement une des valves ;
6) attendre que les flots de vapeur baignent la passerelle dans le brouillard ;
7) profiter de ce camouflage pour s'approcher de la porte du directeur ;
8) crocheter la serrure et entrer dans le bureau.

Le plan se déroula à merveille. Gustave força la serrure avec une aisance qui le ravit. Il poussa la porte du bureau et entra. Le père Malloy lui faisait face.

Le chef d'atelier était en train de remettre un registre à sa place. Il fronça les sourcils. Gustave réalisa qu'il n'avait crocheté que du vent. La porte était ouverte depuis le début. Il ignorait que le chef d'atelier possédait un jeu des clés.

– Que faites-vous là ? demanda le père Malloy d'un ton sec.

– Que croyez-vous que je fasse ? répondit Gustave du tac au tac.

Cette réponse désarçonna le chef d'atelier, qui ne trouva rien à y redire. Gustave prit son air le plus assuré, comme s'il avait été tout à fait normal qu'il entre dans le bureau du directeur au milieu de la nuit. Le père Malloy marmonna trois mots contrits et quitta le bureau. Gustave soupira. Il avait enfin accès aux registres.

Il se mit aussitôt au travail. Il feuilleta les documents un à un, attentif à en retenir les informations. Son cortex faisait le reste, reliant entre elles les données significatives. D'abord, Gustave consulta les fiches d'identité des ouvriers. Il découvrit que la Malloise, qui faisait autant d'heures que ses camarades, était moins bien payée parce qu'elle était une femme. Puis le jeune homme nota une augmentation de la production aux alentours du printemps. Pourtant, les effectifs étaient sensiblement les mêmes. Comment le directeur avait-il réussi à produire plus sans embaucher de travailleurs supplémentaires, ni se doter de nouvelles machines ?

Enfin, Gustave dénicha le dossier concernant les disparitions d'ouvriers. Des noms étaient rayés des registres, du jour au lendemain. Aucune explication n'était fournie sur ces défections. Si l'ouvrier avait une famille, une indemnité avait été versée à ses proches. Il devait donc certainement s'agir d'un décès suite à un accident. Ces disparitions étaient espacées dans le temps. Elles étaient trop rares pour être réellement alarmantes : sur les registres de l'année précédente, seule une poignée de noms étaient barrés.

Frustré, il tourna et retourna le dossier. Il aperçut alors un message étrange, en vers, noté à l'intérieur de la couverture cartonnée :

Hé ! prends garde à la vendetta.
Haï de tous, sois ferme et reste
Stoïque. Masque ton effroi, ta
Stupeur, mais crains une fin funeste.
Dis-toi bien que la clé n'est pas

Sous tes yeux : une solution plus
Drastique ouvre la porte défendue.

Le poème n'était pas signé. Gustave reconnut l'écriture soignée des lettres de change qu'il avait trouvées sous son matelas. Ce message avait été écrit par l'ancien contremaître.

Il le recopia sur un bout de papier. Il espérait très fort que ce poème sibyllin contienne un code secret. Il chercha un message caché entre les mots, en vain. En repartant, il mit son habileté à crocheter les serrures à profit pour refermer la porte derrière lui. De retour dans sa chambre, avant de se coucher, il prit encore le temps d'écrire un rapport à Alfred comportant ces nouvelles découvertes.

*

L'étrange poème avait éveillé la curiosité de Gustave. Le dimanche suivant, il profita de son jour de congé pour rendre visite à la vieille mère du contremaître, dont Alfred avait retrouvé l'adresse. Cette dernière habitait la cité ouvrière près de la manufacture. Elle pourrait peut-être lui en apprendre plus sur la disparition de son fils.

Gustave quitta son galetas, et traversa les ruelles boueuses en contrebas de la manufacture. Les masures s'alignaient le long de la rue principale avec une accablante monotonie. Les familles des manœuvres habitaient des bâtisses interchangeables, toutes construites sur le même modèle : deux pièces sombres et mal isolées, une cuisine en appentis, et une petite parcelle de terre à jardiner.

Les hommes fumaient, assis dans l'encadrement de la porte d'entrée, le visage aussi morne que la façade de leur baraquement. Sur la place, autour de la borne-fontaine, les femmes s'éreintaient à battre le linge : c'était jour de lessive. Autour d'elles, des marmots tout nus se carapataient en riant. La plupart des enfants en bas âge ne possédaient qu'une seule chemise. En attendant qu'elle sèche, ils bravaient les bourrasques de novembre en jouant à colin-maillard. Parfois, une des mères levait le nez de son ouvrage, et un bref sourire éclairait son visage, devant cet essaim de petits derrières rougis par le froid.

L'attention des enfants fut bientôt attirée par un colporteur, qui avait tiré sa carriole jusque sur la place, et déployait sa marchandise : journaux, rubans, fleurs en tissu, pommades et coutellerie, colifichets et boîtes en fer-blanc. Le père Malloy traversait en sens inverse. Même le dimanche, il ne se départait pas de sa mine austère. Il avançait à grandes enjambées rigides, trop rapides pour ses enfants, qui trottaient derrière lui pour ne pas se laisser distancer.

En passant devant le marchand ambulant, une des fillettes Malloy s'arrêta avec envie devant des crécelles à un sou, peintes de couleurs vives. Un regard noir de son père suffit à lui faire rentrer la main sous son tablier. Les enfants dépassèrent la carriole, la tête basse. Au bout d'un mètre, le père revint brusquement sur ses pas. Il compta quelques sous, et acheta une crécelle à chacun de ses marmots. Les mouflets piaillaient de joie en se montrant leur trésor.

L'aîné, Timalloy, restait à l'écart, les mains dans les poches, l'air de ne pas y toucher. Du haut de ses 12 ans, il se sentait trop grand pour jouer avec de telles babioles. Mais les regards en coin qu'il coulait à ses petits frères trahissaient sa convoitise. Le père Malloy s'apprêtait à repartir. Il considéra son grand garçon. Il fouilla dans ses poches et se lança dans une rapide tractation avec le marchand. Peu après, d'un geste bourru, il tendit une boîte en carton à Timalloy. L'enfant fit un bond d'allégresse en découvrant un petit canif. Il admira la lame, puis rangea le couteau avec beaucoup de soin dans la poche de son pantalon. Il courut en sautillant à la suite de son père, qui était déjà reparti.

Gustave arrivait enfin à destination. La mère du contremaître habitait une maisonnette ancienne, sur deux étages, d'un bâti plus solide que les lotissements ouvriers, construits à la hâte pour loger une main-d'œuvre toujours plus nombreuse. Il frappa.

Une domestique fatiguée lui ouvrit. Gustave se présenta. La bonne, éblouie par la visite de ce jeune homme du beau monde, s'empressa de le faire entrer. Elle épousseta une chaise à la hâte, et disparut à l'étage.

Gustave resta debout dans un modeste petit salon. Au bout de longues minutes, un pas étouffé se fit entendre. Une femme âgée descendait lentement les escaliers, soutenue par la bonne. Cette dernière l'aida à s'installer dans un fauteuil, et se retira. D'un signe de tête, la vieille dame invita Gustave à s'asseoir.

Le jeune homme se demandait comment entamer la conversation, quand la mère du contremaître se pencha vers lui, et demanda sans préambule :

– Où est mon fils ? L'avez-vous vu ?

– Non, répondit Gustave. J'occupe son poste, mais j'ignore tout de son départ. Dans ma chambre, cependant, j'ai trouvé ceci. Cela vous revient.

Il lui remit les lettres de change. La vieille femme fondit en larmes.

– Où est-il donc ? demanda-t-elle encore entre deux sanglots. Vous le savez, n'est-ce pas ? Vous refusez de me le dire ! Dites-moi la vérité.

Sous la paupière rouge, ses iris étaient brûlants de fièvre. Gustave eut l'impression qu'elle n'avait plus toute sa raison. Il posa une main sur celle de la vieille femme, et dit d'une voix apaisante :

– Je vous assure, j'ignore tout de la situation de votre fils. Mais j'aimerais en savoir plus, et vous pouvez sans doute m'aider.

Quand l'avez-vous vu pour la dernière fois ? À votre avis, que lui est-il arrivé ?

La pauvre mère sombra à nouveau dans le chagrin. Entre deux pleurs et trois hoquets, Gustave parvint à reconstituer l'histoire du contremaître. Celui-ci versait chaque semaine un petit pécule à sa mère. Il y a plusieurs mois, il lui avait donné une somme d'argent bien plus importante qu'à l'ordinaire. Selon ses dires, il venait de recevoir une promotion. Il semblait excité, et plein de confiance quant à l'avenir.

– Pourtant, cet enthousiasme n'a pas duré, continua la mère. Il semblait de plus en plus soucieux. Et... étrangement absent. Un dimanche, il n'est pas venu me rendre visite. La semaine d'après non plus. Je ne peux pas me déplacer. J'ai envoyé Martine, c'est ma bonne, à la manufacture. Elle est rentrée bredouille. M. Aldinni prétend qu'il n'a aucune nouvelle de mon fils.

La mère imaginait désormais le pire. Gustave promit de poursuivre ses recherches et de l'informer dès qu'il en saurait plus.

Il se leva pour prendre congé. La vieille lui agrippa le bras et murmura :

– Il est encore là-bas, vous savez... Mon fils... il est dans la manufacture. Je le sais. Je sens sa présence.

Gustave lui conseilla de prendre du repos. Alors qu'il quittait la pièce, elle lui cria encore :

– Et méfiez-vous du directeur !

Elle accompagna cette dernière phrase d'un petit rire sinistre.

Gustave retourna dans sa mansarde, pensif. Il se demandait si la vieille dame avait vraiment perdu la tête.

Alliage du chapitre 7

50 % d'argent,
50 % d'Exposition universelle,
1 clé mystérieuse, 1 bal costumé

Cette année-là, Paris accueillait sa toute première Exposition universelle. Celle-ci s'étalait entre les Champs-Élysées, le cours de la Reine et l'avenue Montaigne. Son installation n'avait pas été une mince affaire. On avait abattu des ormes par dizaines, tué six ouvriers à la tâche, et blessé près de six cents autres. Mais cela en valait la peine.

D'abord, les badauds passaient sous une arche immense, en haut de laquelle trois allégories de pierre les accueillaient : la France, l'Art et l'Industrie. Puis ils entraient dans le palais de l'Industrie, premier monument construit avec des poutres en fer forgé, supportées par des colonnes de fonte. L'Exposition abritant près de 24 000 exposants, il avait fallu tasser ces derniers dans d'innombrables annexes, dont la galerie des Machines. L'entrée coûtait quatre sous : on en avait pour son argent.

Parmi la foule, un homme avançait d'un pas sûr, la tête haute, donnant fièrement le bras à une belle jeune fille rousse : M. Aldinni et sa fille arrivaient à l'entrée de la galerie. Non loin, derrière les piliers de l'entrée, on voyait parfois une tête surgir discrètement : par un heureux hasard, Gustave avait lui aussi eu l'idée de se rendre à l'Exposition universelle ce dimanche-ci. Il était arrivé aux aurores, et avait passé la majeure partie de la matinée dissimulé derrière ce pilier.

– Alors ? demanda Alfred en le rejoignant.

– Patience ! dit Gustave. Mais qu'avez-vous pensé de mon dernier rapport ? Le mystère s'épaissit, n'est-ce pas ?

– Vous avez bien fait de creuser la piste de l'ancien contremaître. Il y a là un point à élucider, j'en conviens. Pour l'instant, cependant, vous n'avez que de mauvais vers, et les propos d'une vieille dame sans doute sénile... Rien de bien tangible, donc.

– Et le générateur ? Je suis certain qu'il s'y cache quelque chose !

Alfred soupira :

– Ne m'en veuillez pas, mais je ne suis toujours pas convaincu par ce point. Vous auriez pu avoir un malaise. En trébuchant, votre tête aura heurté une pièce métallique.

Une ombre passa sur le visage de Gustave. Il savait que son ami disait juste. Et pourtant, il ne pouvait se résoudre à taire ses pressentiments. Soudain, son visage s'éclaira.

– Les voilà ! chuchota-t-il avec excitation. N'oubliez pas, vous avez promis de m'aider ! Notre plan va marcher, vous verrez. Si vous saviez... Je suis épris, Nobel, vous n'avez pas idée... Elle m'a ensorcelé !

Alfred dévisagea Mlle Aldinni et siffla entre ses dents. Pas étonnant que Gustave soit drôlement entiché !

À la S.S.S.S.S.S., les deux jeunes gens avaient appris à prendre un suspect en filature. Ils mirent leur savoir à bon usage, et suivirent le père et la fille dans le dédale de l'Exposition.

À la première occasion, Alfred mit leur plan à exécution. Se faisant passer pour un jeune ingénieur, il commença à échanger quelques politesses avec M. Aldinni devant un stand. Au fil de la conversation, négligemment, il glissa avoir mis au point un nouvel appareil, capable de laminer plus vite le métal. Il pensait bientôt déposer le brevet. Le directeur dressa l'oreille. Il lui tendit une carte de visite.

– Venez donc dîner un soir de la semaine prochaine à la maison, lui dit-il d'un air affable.

– Hélas ! s'écria le jeune ingénieur avec l'expression du plus grand désespoir, je rentre dès demain en Suède, où je chercherai un acquéreur à qui vendre mes plans.

Le directeur insista. Il ne voulait plus quitter cet inventeur sans avoir obtenu son secret de fabrication. Isamberte, impassible, attendait poliment.

C'est à ce moment-là que Gustave entra en scène. Le plus naturellement du monde, il passa devant eux, tournant la tête à la dernière minute, comme surpris de tomber sur M. Aldinni. Ça alors ! Quelle coïncidence ! Qui eut cru qu'il aurait la chance de croiser le directeur et sa fille dans une salle aussi grande ?

Puis Gustave aperçut Alfred, et se récria aussitôt : M. le directeur était visiblement occupé à une importante négociation. Il ne le dérangerait donc pas plus. Il s'éloigna, avant de revenir sur ses pas, comme pris d'une idée soudaine. Il demanda innocemment :

– Excusez-moi, j'espère que Mlle Aldinni ne s'ennuie pas, au moins ? Si vous le souhaitez, pendant que vous discutez, je lui ferai visiter la galerie.

Le directeur se laissa prendre au piège. Il accepta que Gustave et Isamberte partent faire un tour de leur côté, à condition de revenir bientôt. Ainsi, il pourrait tranquillement parler affaires avec Alfred.

Avant de la quitter, il assomma sa fille de mille recommandations. Isamberte écouta patiemment. Elle prit le bras de Gustave d'un air austère, sans mot dire. Pourtant, à l'instant où M. Aldinni ne fut plus en vue, Gustave sentit que la jeune femme abandonnait peu à peu sa retenue. C'était un changement très discret. Plus elle s'éloignait de son père, et plus sa démarche se faisait légère. La jeune femme avançait d'un pas souple, comme si elle s'était libérée, et frémissait d'impatience contenue.

Ils s'enfoncèrent au cœur de la galerie. Gustave avait presque l'impression de retourner dans la manufacture : à perte de vue, des machines vrombissaient. Ici en revanche, il régnait une ambiance festive. Les badauds endimanchés se promenaient avec ravissement d'un appareil à un autre. Isamberte, elle aussi, était aux anges. Elle courait vers chaque machine, observant avec intérêt la locomobile, la couturière mécanique, la tondeuse à gazon. Un bonimenteur leur offrit des échantillons de festons brodés mécaniquement. Ils goûtèrent le café produit par le percolateur de Loysel, qui était capable de verser deux mille tasses en une heure.

Il semblait que tout le monde, en France, avait décidé d'y aller de son engin : on pouvait admirer des machines à ficeler les bouchons de champagne, à peser et mesurer le savon, à pétrir le pain, à lacer les chaussures, caresser les chats, tuer les mouches, langer les nouveau-nés, faire des ricochets sur l'eau, moucher les marmots. Une étrange poupée parlante, grandeur nature, attira l'attention d'Isamberte, qui resta de longues minutes perdue dans la contemplation de cet automate.

Au détour d'un stand, les deux jeunes gens furent alpagués par un négociant qui vendait une machine à fabriquer des arcs-en-ciel. Le forain enclencha son engin juste sous leur nez, arrosant Isamberte d'une pluie de paillettes qui la fit éternuer. Gustave entraîna à la hâte la jeune femme vers les étals suivants. Partout étaient placardées des affiches représentant la fée Électricité. La magicienne brandissait une baguette crépitante, qui inondait le monde d'un courant électrique bénéfique. Ils passèrent dare-dare devant un ingénieur agronome, qui démontrait qu'en faisant courir un fil électrique dans la terre, on augmentait la taille des courgettes par trois. Au petit trot, ils contournèrent un charlatan qui proposait de guérir les paralysés grâce au courant électrique.

Ils débouchèrent sous une verrière où les visiteurs pouvaient s'asseoir, s'adonner à des divertissements de fête foraine, ou prendre une collation. Gustave hésita à offrir une pomme d'amour à Isamberte. Il se tourna vers la jeune fille, et resta tout ébaubi. Elle souriait, heureuse de sa promenade, et avide de découvrir ce qui l'entourait. Dans leur petite course à travers les étals, son chignon s'était défait. Les mèches bouclées s'envolaient autour de son visage. Les paillettes dorées étincelaient sur ses cheveux roux. Gustave n'avait jamais rien vu de tel. Isamberte flamboyait.

La jeune femme s'approcha d'une roulette automatique qui attirait les foules. Un Américain en faisait fièrement la réclame. La machine comportait trois rouleaux, sur lesquels figuraient des symboles : carreau, fer à cheval, cœur, cloche... On actionnait un levier, et les rouleaux se mettaient à tourner. Si, une fois arrêtés, trois symboles semblables étaient alignés, une cloche sonnait et le joueur remportait un gain. Gustave regarda les symboles défiler. Il estima que l'engin dévidait plus d'un millier de combinaisons différentes. Les chances de gagner étaient plus que minces.

Plongé dans ces considérations mathématiques, il ne vit pas Isamberte s'approcher de la roulette. Les curieux qui se bousculaient devant l'appareil, étonnés par la beauté de la jeune fille, s'écartèrent pour lui laisser place.

Isamberte passa la main sur la machine, les yeux à demi fermés. Les badauds s'imaginèrent qu'elle convoquait la chance ou récitait une prière. Gustave, lui, eut l'impression saugrenue qu'elle communiquait avec la machine. Puis elle actionna le levier en souriant, le buste légèrement incliné, exactement comme si elle avait serré la main de l'appareil.

Les rouleaux tournèrent joyeusement et, en quelques secondes, trois cœurs s'alignèrent. La cloche carillonna et la machine vomit aussitôt un flot de menue monnaie. Isamberte tendit les mains sous la cascade de piécettes, et éclata de rire au contact de cette pluie métallique qui lui tripotaillait les paumes. Le flot s'arrêta. Embarrassée par ce magot qui lui pesait sur les bras, Isamberte regarda autour d'elle. Parmi la foule se trouvait un vieil homme au paletot tout élimé, qui contemplait la machine avec envie, sans oser jouer son dernier sou. Isamberte déposa son butin entre les mains du vieillard ahuri et, d'une même volée, retourna gaiement aux côtés de Gustave.

Gustave lui donna son bras comme s'il avait le privilège d'escorter une reine, ou une sorcière. Ils continuèrent leur promenade. Le jeune homme avançait au hasard, aveugle à tout ce qui l'entourait, attentif seulement à ne pas oublier la sensation du corps de la jeune fille à côté du sien, tandis qu'il la guidait entre les guitounes.

Tout à cette jouissance, il ne remarqua pas immédiatement les visages familiers qui se tenaient devant lui. Des hommes lui faisaient face, un air maussade répandu sur toute leur figure. Enfin, Gustave reconnut plusieurs ouvriers de la manufacture. Comme lui, ils profitaient de leur dimanche pour visiter l'Exposition universelle. Gustave inclina la tête dans leur direction, un peu gêné. Les manœuvres n'avaient sans doute pas envie de croiser leur supérieur pendant leur unique jour de repos.

Ces derniers le saluèrent du bout des doigts, puis s'inclinèrent avec amabilité devant Isamberte. Ils lui montrèrent l'attraction autour de laquelle ils s'étaient regroupés. Un bonimenteur invitait les passants à donner un coup de maillet sur un poussoir, qui faisait grimper un poids le long d'une jauge verticale. Si le poids atteignait la boule située tout en haut, une cloche sonnait.

Isamberte se laissa entraîner. Autour d'elle, les ouvriers fanfaronnaient. Isamberte les mit au défi :

– Je veux un prix ! s'exclama-t-elle.

Aussitôt les manœuvres se bousculèrent pour savoir qui passerait en premier, et tenterait de remporter le gros lot pour la jeune femme.

Gustave, en retrait, soupesa le maillet. Il observa le socle, et le poids qui grimpait le long de la jauge. Plusieurs données se bousculèrent dans sa tête : l'élévation du bras, la longueur du manche, la distance entre le marteau et le poussoir, la vitesse d'exécution du geste, le poids du maillet et la longueur de la jauge. Ces chiffres s'agencèrent d'eux-mêmes, et Gustave calcula que, pour faire monter le poids jusqu'en haut, il était nécessaire d'appliquer une force de 20 tonnes. Autrement dit, seul un homme d'au moins deux mètres cinquante, costaud, rapide, et qui élèverait le marteau au-dessus de la tête en le faisant retomber de toutes ses forces, pouvait avoir une chance de faire sonner la cloche. Le jeu était truqué.

Un des ouvriers se lança. Il prit le maillet à deux mains et frappa sur le poussoir. La cloche résonna en même temps que les cris de joie de ses camarades.

Du premier coup de maillet, l'ouvrier avait envoyé le poids jusqu'en haut.

Gustave fronça les sourcils. Voilà deux fois, en quelques minutes, qu'il en venait à douter de ses calculs, pourtant toujours fiables.

L'homme n'était pas particulièrement bien bâti. Même le propriétaire de l'attraction avait du mal à masquer son étonnement. Avec mauvaise grâce, il félicita l'ouvrier, et remit le premier prix à Isamberte. La jeune fille rit en recevant un pantin en bois peint de couleurs vives, qu'elle offrit à un ouvrier, dont elle se souvenait qu'il venait d'avoir un enfant. Puis elle regarda autour d'elle, pressée de poursuivre sa visite.

– Voulez-vous aller voir la batteuse à blé ? demanda Gustave.

– Oui, dit-elle aussitôt, les yeux brillants d'excitation, en reprenant son bras.

C'était une des machines les plus impressionnantes de la galerie. Les promeneurs se pressaient devant cet engin tout hérissé de vis, fascinés par le ramdam de ces tringles hirsutes qui broyaient furieusement le vide. L'animateur faisait le déballage de son invention, soulevant son chapeau, s'inclinant à tire-d'aile, jetant son sourire à tout-va, appâtant tous les passants à sa portée.

Tandis qu'Isamberte admirait la ribambelle de pistons, pignons, pitons, vérins, goupilles et ressorts, Gustave, lui, se perdit dans la contemplation de la jeune fille.

Un bruit pourtant attira son attention, par-dessus le brouhaha de la foule et le brimbalement régulier des engrenages. À force d'entendre gronder les machines dans la manufacture, Gustave avait appris à interpréter leurs mugissements. La batteuse à blé grognait méchamment, soufflait trop fort par les naseaux. Gustave jeta un œil à l'animateur. Il se répandait en courbettes devant un couple de bourgeois richement vêtus, sans surveiller sa machine.

Le jeune homme s'approcha de la moissonneuse-batteuse et balaya le mécanisme du regard. Un des pistons, trop sollicité, menaçait de fuser sous la pression et crever son carcan. Gustave suivit le mouvement des engrenages. Son cerveau, lui aussi, turbinait à toute vapeur, comme à chaque fois qu'il se saisissait d'une question vitale. En quelques secondes, il lut la syntaxe des rouages. Il vit ce qui allait se passer. Et il assista à une scène d'horreur.

Un enfant curieux, échappant à la surveillance de ses parents, s'approcha de la machine. La valve éclata et le piston saillit hors de sa gangue. Il brisa le cadran qui retenait un engrenage. Libérées, les roues dentées se jetèrent en avant. Elles happèrent entre leurs canines un pan de la blouse du marmot. L'enfant se sentit emporté tout droit vers les picots broyeurs. Il cria à l'aide. Le brouhaha couvrit sa petite voix.

Un hurlement aigu retentit. La mère venait de voir son bambin avalé par la machine. Aussitôt les hommes se précipitèrent, tirant par les pieds le petit corps qui disparaissait déjà dans l'engrenage. Les rouages de la machine continuèrent à se détraquer les uns après les autres. La barre latérale qui supportait les marteaux à battre le blé rompit à un endroit. Le marteau situé à l'extrême droite, n'étant plus retenu dans son mouvement de bascule, tomba à toute volée sur la tête d'un des hommes. Celui-ci s'écroula, le crâne fêlé. Le marteau dégoulinant de sang se redressa mécaniquement. La machine semblait se repaître du liquide rouge, qui coulait entre les roues et huilait ses engrenages.

Alors, le moteur s'emballa tout à fait. Les marteaux, propulsés par la vapeur, fusèrent sur les visiteurs, un essaim de vis dans leur sillage. Les débris acérés criblèrent la foule. Les lourdes pièces métalliques brisèrent les tempes, nez, épaules et bras à leur portée. Un gros clou bien pointu, par un hasard extraordinaire, se ficha en plein dans l'œil agrandi d'effroi d'un badaud.

Isamberte posa une main sur le bras de Gustave. Ce dernier sursauta. Il secoua la tête pour sortir de ce cauchemar. Sa vision se dissipa et il revint à l'instant présent. Isamberte s'agitait, nerveuse. Elle leva vers lui un regard anxieux. Elle aussi avait perçu le danger.

D'un saut, Gustave s'approcha de la valve qui commençait à trembler, et serait bientôt l'élément déclencheur d'un affreux carnage. Non loin, le marmot désobéissant se penchait sur les rouages. Gustave fouilla dans ses poches, trouva un petit couteau, et d'un coup sec, fendit le tuyau. La vapeur s'écoula à gros bouillons. Les roues dentées, qui s'étaient déjà en partie délogées, calmèrent leur rotation et rentrèrent dans leur carcan. Le pan de blouse qu'elles avaient aspiré se dénoua de lui-même, avant que l'enfant se rende compte que son vêtement était agrippé. La mère attrapa son galopin par le bras en pestant. Combien de fois faudrait-il lui répéter de ne pas s'approcher des machines ? Pendant ce temps, le tohu-bohu de la moissonneuse-batteuse s'apaisait peu à peu.

Le bonimenteur s'aperçut alors qu'un passant lui cassait sa machine. En un bond, il était sur Gustave, criant haut et fort au sabotage. Le jeune homme ne voulait pas faire d'esclandre. Patiemment, il montra le défaut dans l'engrenage, expliqua comment l'engin aurait pu faire de gros dégâts. L'homme ne voulait rien entendre. Sa machine était parfaitement sûre ! Les visiteurs se massaient autour d'eux, curieux de l'issue de cette discussion animée. Beaucoup espéraient que les antagonistes en viendraient aux mains.

Finalement, l'animateur réclama une compensation faramineuse. Gustave, à court d'arguments, embarrassé par la foule qui le toisait, vida ses poches. Il lui versa ses économies du mois.

Isamberte s'approcha et posa une main sur son épaule. Elle seule avait compris qu'il venait de sauver bien des gens. Ce geste de soutien réconforta aussitôt Gustave.

Mais il était temps de ramener la jeune femme auprès de son père. Alfred soupira de soulagement en les voyant arriver. Il n'en pouvait plus de tenir la jambe du directeur. Chacun prit congé.

En le quittant, Isamberte serra avec force la paume de Gustave. Le jeune homme, surpris par cette poigne de fer, se demanda ce que signifiait ce signe discret. Il crut déceler une lueur d'inquiétude dans les yeux d'Isamberte, juste au moment où il la remettait entre les mains de son père.

*

Cette nuit-là, alors qu'il était profondément endormi, de lourds bruits de pas firent grincer l'escalier qui menait à sa petite chambre. La porte s'entrouvrit. Gustave se retourna dans son sommeil.

Il rêvait que le jour de son mariage était arrivé. Mais quand, au soir, il rentrait chez lui, il s'apercevait que son épouse était immense, et tout en bronze. La statue de Vénus se penchait sur lui et murmurait : « je vous chéris », avant de le serrer dans ses bras. Gustave étouffait. Sa poitrine était comprimée dans un étau. On eut dit qu'il était étreint dans un cercle de fer. Il voulut se dégager, mais il était maintenant prisonnier d'un moteur. Enfermé dans la machine, il appelait à l'aide, en vain. Impossible de se mouvoir. Des engrenages enserraient chacun de ses membres.

Gustave se redressa sur son lit, en nage, le souffle court. Sa chambre était vide. La porte était fermée. Il chassa le cauchemar et tenta de se rendormir. Il mit longtemps à trouver le sommeil.

Au matin, en enfilant la chemise, il constata avec surprise que des stries bleutées marquaient son torse.

En regardant dans la glace son visage cerné, et mangé par l'angoisse, Gustave prit une décision. Il devait se ressaisir. On lui avait confié une manufacture. La tâche était ardue, les hommes et les machines lui étaient hostiles. Eh bien ! il ne se laisserait pas démonter. Jusqu'à présent, il avait serré les dents et encaissé les coups, comme lors de ses duels contre les mastodontes. Il était temps, désormais, de riposter. Il allait dompter le monstre. Il soumettrait cette horde de machines qui le narguait, il apprendrait, avec ses hommes, à la diriger. Il se mit aussitôt au travail.

Gustave commença par remplacer l'acier, trop cassant et coûteux, par le fer, plus souple, plus solide, et bien moins cher. Ce métal avait pour seul défaut de s'oxyder rapidement, mais on pallierait cette faiblesse en enduisant les pièces d'un vernis protecteur. Il imposa ce changement sans l'aval du directeur, qui ne l'écoutait jamais.

En se remémorant l'accident de l'ouvrier qui s'était blessé au pied, il eut l'idée de redessiner certaines pièces. Pour éviter que deux éléments se cassent lorsque les ouvriers les rivaient ensemble, il inséra des équerres au bout des arbalétriers. Grâce à cette jointure saillante, les pièces s'imbriquaient facilement les unes dans les autres.

Il reprit également la plupart des plans du directeur. M. Aldinni pensait qu'une voûte résistante reposait nécessairement sur deux énormes piliers de fonte. Comme beaucoup d'hommes, il s'imaginait que la robustesse dépendait des muscles, et la solidité, de l'épaisseur. À croire qu'il n'avait jamais vu un tronc de chêne centenaire déraciné par le vent, alors qu'un fin roseau résistait sans mal aux fortes bourrasques. La forme courbe, soutenue par des triangles, supportait bien mieux la pression que le bloc massif. Les arches, les ponts que dessinait Gustave semblaient bâtis dans la dentelle, et pourtant ces toiles d'araignée en fer étaient bien plus solides que les pachydermes du directeur.

Gustave commençait à gagner la confiance de certains ouvriers. Il leur expliquait chacune des améliorations. Ainsi, les manœuvres ne fabriquaient plus des poutres métalliques sans âmes. Ils créaient des pans entiers de coupoles ou de gares, tout prémontés. C'était dans la manufacture, en première ligne, que tout se jouait. Du travail harassant de coulage, moulage et rivetage, dépendait la solidité d'un toit, l'équilibre des deux tabliers d'un pont. Les manœuvres voyaient des rails de plusieurs kilomètres rouler hors de la salle des machines. La Malloise aimait répéter que bientôt, grâce à eux, les Français pourraient rejoindre Montpellier directement depuis Paris. Leur métier prenait une autre dimension.

Le directeur, de son côté, n'eut pas le temps de se vexer des initiatives prises par contremaître. En effet, en quelques semaines, grâce à la qualité de ses pièces, Gustave s'était attiré les faveurs de nombreux architectes. Aussi les commandes affluaient. C'était la promesse de gains nombreux et importants, et M. Aldinni pouvait facilement être séduit du côté de son portefeuille.

Gustave s'était approprié les machines et ses hommes. Pourtant, il n'arrivait pas à se défaire de l'impression qu'une ombre malfaisante planait sur la manufacture. À la même période, il mit en place un rituel dont il n'osa jamais parler à Alfred.

Chaque dimanche, quand la salle des machines était vide, il s'approchait du générateur.

Celui-ci tournait même le dimanche. Il aurait été trop long et coûteux en charbon de le remettre en route le lundi matin après vingt-quatre heures d'arrêt. Aussi, chaque samedi soir, la dernière équipe lui donnait une bonne fournée de carburant, pour qu'il ronronne tranquillement jusqu'au lundi.

Gustave ne cherchait plus à pénétrer à l'intérieur du générateur : il avait compris qu'il n'y était pas le bienvenu. Il avait fini par considérer cette « présence » qu'il y devinait comme une sorte d'animal à apprivoiser. Plutôt que de le débusquer violemment entre deux rouages, Gustave essayait de se familiariser avec lui. Le dimanche, il veillait à ce que la provision en charbon fût suffisante, huilait les engrenages extérieurs, frottait les panneaux avec un chiffon. Tout en faisant cela, il parlait. Il racontait sa semaine, confiait ses doutes, bavardait sur tout et rien, comme on apaiserait une bête craintive par le son monocorde de sa voix. Il pensait à Isamberte, qui semblait communiquer avec les machines, et cherchait à faire de même. Parfois, il se sentait ridicule, et rougissait à l'idée qu'Alfred ou Constance aient connaissance de ces simagrées. Et pourtant, en fin de semaine, il revenait toujours près du générateur, irrésistiblement attiré.

*

Avec obstination, dès qu'il avait un moment, Gustave repassait les éléments de son enquête dans sa tête, certain qu'il faut longtemps triturer une énigme pour enfin la résoudre. Le poème de l'ancien contremaître lui donnait du fil à retordre. Un jour, enfin, à force de se pencher dessus, une fulguration éclaira son cortex. Il suffisait, tout simplement, d'extraire les trois premières lettres de chaque vers :

Hé ! prends garde à la vendetta.
Haï de tous, sois ferme et reste
Stoïque. Masque ton effroi, ta
Stupeur, mais crains une fin funeste.
Dis-toi bien que la clé n'est pas
Sous tes yeux : une solution plus
Drastique ouvre la porte défendue.

Ainsi, on formait la phrase : « Héphaïstos tu dissoudras. »

Sur son bureau, la petite statuette d'Héphaïstos qui servait de presse-papiers était là, juste sous ses yeux, attendant patiemment qu'on veuille bien s'intéresser à elle. Il la tourna et retourna entre ses doigts. Elle était en argent, sans doute plaqué, et mesurait une douzaine de centimètres. Comment diable devait-il la « dissoudre » ?

Gustave descendit dans la remise, où l'on entreposait les produits chimiques nécessaires au nettoyage de la rouille et à la composition des vernis. Il remonta dans son bureau muni d'un bidon d'acide nitrique. En prenant les précautions nécessaires, car cette solution était très corrosive, il y plongea la statuette. Un « pschuit » se fit entendre. Doucement, le dieu forgeron se dissolvait.

L'opération risquait de prendre plusieurs heures. Le jeune homme retourna à son bureau. Inutile de rester les bras croisés. En attendant, il préparerait les devis des prochaines commandes. Il voulut se mettre au travail. Impossible de se concentrer. Il bouillonnait d'impatience. Il était en effervescence, plus violemment encore qu'Héphaïstos dans son acide. Enfin, à force de tourner en rond et faire les cent pas, de marcher de long en large et se tourner les pouces, de compter les nuages et croquer le marmot, de ronger son frein, gober des mouches et faire le pied de grue, la statuette se désagrégea entièrement. Gustave secoua le bidon. Un léger son métallique retentit. Quelque chose brandillait au fond du bidon, qui n'avait pas été dissous. Il jeta l'argent liquide par la fenêtre. Avec une pincette, il se saisit de l'objet. C'était une clé.

Quelle porte ouvrait-elle ? Gustave l'observa sous tous les angles. Sur sa tête était gravé le mot « titane ». Cela n'avait pas grand sens. Il était évident qu'elle était en fer, et non en titane. Ce métal n'était pas attaqué par l'acide nitrique concentré, et c'est pourquoi Gustave avait retrouvé la clé au fond du bidon.

Le jeune homme resta longtemps pensif devant ce nouveau mystère. Une chose cependant était sûre. Le contremaître s'était donné beaucoup de mal. Il avait composé un poème, puis il avait fondu cette statuette d'Héphaïstos, tout en dissimulant en son sein une clé en fer. S'il avait fait tant d'efforts, c'est qu'il avait un secret important à cacher.

Gustave quitta son bureau. En passant devant l'atelier du directeur, il sentit ses cheveux se dresser sur sa tête. Ce n'était pas une image : il se retrouva réellement tout ébouriffé. L'air était chargé d'électricité statique. Le jeune homme se demanda à quoi M. Aldinni pouvait bien travailler.

Il s'accouda à la balustrade. Entre deux nuages de vapeur, il apercevait les machines et les ouvriers. Que pouvait bien ouvrir cette clé ? Gustave scruta avec intensité le générateur central, comme si ce dernier allait lui envoyer un signe. Le générateur l'ignora royalement. En revanche, l'attention de Gustave fut attirée par un étrange manège qui se jouait en dessous de lui. La Malloise profitait de sa pause pour aller d'un ouvrier à un autre. À certains, elle serrait la main, un peu trop longuement. Gustave était certain qu'elle leur glissait quelque chose dans la paume. De son promontoire, il était trop loin, et trop gêné par les fumées, pour distinguer de quoi il s'agissait. Lorsqu'elle passa juste sous ses pieds, il tendit l'oreille, et l'entendit dire à son collègue :

– Je peux pas carmer maintenant, j'ai pas de fricot. Il te faudra encore naqueter un peu.

Évidemment, Gustave n'y comprit goutte. Si, désormais, il interprétait parfaitement les vociférations des machines, en revanche il ne savait pas encore décoder l'argot que parlaient ses ouvriers.

*

Le lendemain, M. Aldinni manda son contremaître. Gustave passa la porte du bureau avec appréhension. Le directeur l'invita à s'asseoir sans un mot. Il posa sur son contremaître un regard sévère. Gustave rentra les épaules, prêt à essuyer l'orage. Le directeur allait lui reprocher ses méthodes. Ou pire encore, il l'avait percé à jour.

– Que diriez-vous de venir au bal costumé que je donne samedi prochain ? demanda M. Aldinni.

Gustave faillit tomber de sa chaise.

Le directeur invitait son contremaître à l'anniversaire d'Isamberte. Oh ! certes, le jeune homme ne lui avait pas tout de suite inspiré confiance, avec sa manie de poser des questions à tout-va et de vouloir tout réformer dans la manufacture. Mais force était de constater que depuis qu'il était en poste, les commandes abondaient. Les associés louaient la qualité des pièces. M. Aldinni avait donc décidé de ménager son employé, de peur que ce dernier ne passe à la concurrence.

Gustave n'en croyait pas son bonheur. Il se frotta les mains intérieurement. Il allait passer une soirée entière avec Isamberte ! Puis il tordit les mains intérieures qu'il venait de frotter. Il n'avait plus un sou en poche ! Comment allait-il acheter un cadeau ?

– L'anniversaire de ma fille est pour moi un moment de grand bonheur et de grande nostalgie à la fois, expliqua le directeur. Je me suis marié jeune. Je voulais fonder une famille nombreuse. Mais, mon épouse était de constitution fragile. La pauvre était toujours alitée. Bien vite, nous nous sommes aperçus qu'elle ne pouvait avoir d'enfants. Et puis, quinze ans après notre mariage, un miracle s'est produit. Ma femme est tombée enceinte, et par un joli hasard, Isamberte est née le jour de nos noces. Aussi, chaque année, nous organisions un grand bal, pour fêter notre anniversaire de mariage et celui de notre enfant. Que de bons souvenirs ! Hélas ! voilà huit ans, mon épouse a été emportée par la tuberculose. Depuis, nous continuons à célébrer l'anniversaire de ma fille, mais le cœur n'y est plus. Savez-vous que si ma femme était encore vivante, nous fêterions cette année nos noces de fer, en même temps que les 18 ans d'Isamberte ?

Gustave échangea quelques paroles de sympathie avec le directeur. Il était ému d'apprendre qu'Isamberte était orpheline de mère.

Le lendemain, en repensant au récit de M. Aldinni, il eut une idée. Il consacra les jours suivants à la fabrication du présent qu'il offrirait à Isamberte. Le soir de la fête, il emballa son cadeau dans un papier aussi brillant que les cheveux de la jeune fille, et rejoignit la belle villa du directeur.

La salle de réception était ornée de centaines de fleurs fraîches, dont les parfums entêtants s'épanouissaient dans l'air du soir. Tout autour, les lueurs panachées des chandeliers et girandoles papillonnaient gaiement. Parmi les fleurs et les bougies étaient éparpillés des invités bien lustrés et clinquants.

Gustave embrassa la salle d'un regard. La plupart des invités, en clin d'œil à leur hôte, avaient choisi un costume en lien avec la métallurgie. On voyait donc valser çà et là des forgerons, ferronniers et ferronnières, et autres maréchaux-ferrants. Les tabliers, les blouses, les pantalons de toile, étaient remarquablement propres et bien taillés. Ces braves ouvriers buvaient le champagne, fumaient le cigare, sans jamais se départir de leur élégance. Gustave remarqua une femme qui, sans doute, avait pensé se déguiser en lingot d'or, car elle avait enfilé l'intégralité de sa boîte à bijoux, et ne pouvait faire un pas sans faire entendre toute la gamme des tintements de ferblanterie.

C'est alors que Gustave aperçut Isamberte au bras de son père. La jeune femme était déguisée en fée Électricité. M. Aldinni devait lui avoir fabriqué une robe de son invention. Sur l'étoffe chatoyante, couraient des petites étincelles bleutées. Au moindre tour de hanche, sa jupe crépitait. Isamberte rayonnait. À côté d'elle, les invités semblaient tristement éteints.

Elle vit Gustave et s'approcha. Le directeur s'exclama :

– Bienvenue ! Vous n'êtes pas déguisé ?

Gustave, n'ayant pas trouvé de temps à consacrer à la confection d'un déguisement, portait une classique tenue de soirée noire. Mais il avait tout prévu.

– Je suis l'ami noir, dit-il avec un clin d'œil.

Isamberte éclata de rire. Le jeune homme se sentit soulevé dix bons centimètres au-dessus du sol. La jeune fille était bien la première à rire de bon cœur à ses calembours. Le directeur, lui, resta un temps interdit, avant de s'exclamer :

– Vous êtes un *laminoir* ! Ha, ha, ha ! Elle est bien bonne !

Lui-même portait un riche frac de soirée à revers de soie. Par boutade, au lieu d'accrocher une fleur à sa boutonnière, il y avait glissé une clé à molette. À tout moment, il la brandissait, faisant mine de réparer tout ce qui passait à sa portée, et cette plaisanterie ne manquait pas de déclencher l'hilarité générale.

Gustave s'avança dans le grand salon. Il déposa son cadeau sur une table, parmi d'autres. Le petit paquet disparut dans l'ombre d'un énorme présent, de plus d'un mètre de hauteur. Le jeune homme se demanda ce que pouvait contenir une aussi grosse boîte. Autour du buffet, les invités s'extasiaient devant un canard automate, invention de M. Aldinni. Le volatile, quand on lui caressait la tête, faisait entendre une série de couacs, avant de pondre un œuf en chocolat. L'orchestre également était automatique : un pianiste, une violoniste et une flûtiste de bois grandeur nature s'agitaient mécaniquement, tandis que sous l'estrade tournait le cylindre d'une boîte à musique.

Gustave se mêla aux invités. Une coupe de champagne en main, il parla pluie, beau temps, cigares, pièces de théâtre, et autres platitudes. Les invités enchérissaient, telles des machines à ressort. Chacun riait, bavardait, approuvait, jouant son rôle par habitude, avec la même régularité que l'orchestre mécanique. Pendant ces mondanités, Gustave observait Isamberte à la dérobée. En bonne maîtresse de maison, elle allait d'un groupe à l'autre, proposant des rafraîchissements, et se joignant quelques minutes à la conversation.

La jeune femme ne semblait pas avoir de favoris. Elle adoptait le même comportement avec chacun des invités, saluant et souriant avec une égale réserve. Son respect des conventions était admirable. Elle accordait à chaque groupe une attention et un temps exactement similaires, comme si un impassible métronome battait sous son corsage.

Elle évoluait dans la pièce avec une grâce tranquille. Sa prestance ressortait particulièrement quand elle se mêlait à des compagnes de son âge. Alors que les autres jeunes femmes pouffaient et babillaient avec excitation, s'extasiant bruyamment devant les pâtisseries, Isamberte gardait une allure sereine, élégante et sûre d'elle.

Comme une invitée se penchait pour sentir une fleur, une petite araignée échappée du jardin jaillit du pistil et faillit lui grimper sur le nez. La femme poussa un cri, manquant de tomber à la renverse. Ses amies bondirent d'effroi. Seule Isamberte, nullement effrayée, garda son calme, et sourit de bon cœur à leur raffut.

Et pourtant, lorsque Isamberte arriva au niveau de Gustave, son comportement bien rodé s'enraya. Elle abandonna sa réserve. Gustave avait eu lieu d'évaluer le sourire qu'elle adressait aux autres invités. D'après ses estimations, celui qu'elle lui décocha s'étendait d'au moins deux centimètres de plus.

Le jeune homme prit une des fleurs qui décorait le guéridon. C'était un joli souci orangé, qui rappelait la couleur des cheveux d'Isamberte. Il lui tendit la fleur. Comme elle ne faisait pas mine de la prendre, galamment, Gustave se pencha pour l'accrocher au décolleté de la jeune fille. En soulevant la gaze qui ornait l'échancrure de sa robe, il aperçut la naissance d'une cicatrice sur sa poitrine. Isamberte frémit très légèrement au contact de ses doigts. Gustave, craignant qu'elle ne soit gênée, retira aussitôt sa main.

Pour ne pas rester sur un embarras, il s'exclama :

– Allons danser !

Isamberte sourit et tous deux avancèrent au centre de la pièce. Gustave passa son bras autour de la taille fine et souple de sa cavalière, et ils commencèrent à valser. Le jeune homme était bon danseur. Isamberte se laissait guider, suivant avec aisance le rythme régulier des pas.

Soudain, Gustave sentit que la jeune fille ne le laissait plus conduire. Les yeux pétillants de malice, elle virevolta plus vivement, abandonnant son allure d'ordinaire si mesurée. En tournoyant, elle entraîna Gustave vers un coin retiré du salon, à l'abri des regards.

Le jeune homme rapprocha son visage de celui de sa partenaire. Il murmura à son oreille :

– Vous souvenez-vous de notre première rencontre ?

Les yeux d'Isamberte brillèrent :

– Je vous ai pris...

– Pour un voleur ?

Isamberte répondit par un discret hochement de tête. Gustave la serra un peu plus contre lui.

– Mais maintenant, dit-il, me faites-vous confiance ?

Isamberte releva le visage et plongea son regard dans le sien. « Oui », dit-elle dans un souffle.

Gustave aurait pu continuer à danser indéfiniment avec Isamberte, immergé dans les yeux gris de la jeune fille.

Son père, en revanche, en avait décidé autrement. Il stoppa la manivelle de l'orchestre mécanique. La musique s'arrêta. Les invités se turent. Isamberte frémit imperceptiblement. Puis elle retrouva son maintien grave et posé. Elle avança sagement au milieu du salon.

Le directeur s'approcha de la table où étaient posés les cadeaux et commença son discours. Après avoir fait l'éloge des charmes d'Isamberte, et rappelé à quel point il était un père comblé, il expliqua qu'il avait voulu, pour ses 18 ans, lui offrir un présent particulier. Il avait passé des mois à le confectionner lui-même, et y avait mis tout son talent. Il était très fier de le lui offrir ce soir.

Isamberte s'avança devant l'immense présent. Elle déchira le papier. Un coffre ouvragé apparut, qui s'ouvrait sur le devant, comme un buffet. Isamberte tira le battant. Les invités, curieux, se pressèrent pour mieux voir.

Gustave eut un sursaut. La boîte contenait un homme ! Non, un mannequin. Ou plutôt, un automate. Son visage en fer, impassible, regardait fixement devant lui. Son torse, ouvert, laissait voir un jeu impressionnant de roues dentées et de rouleaux. Le directeur remit solennellement une grosse clé à sa fille.

– Cette clé permet de remonter l'automate, dit-il. Il salue, écrit des messages, joue de la musique… et bien d'autres choses encore !

Gustave se sentit mal à l'aise. L'homme de fer avait une expression menaçante. L'idée qu'Isamberte le rangerait dans sa chambre était dérangeante. Mais lui seul semblait éprouver du dégoût. Autour de lui, les compliments fusaient. On admirait le talent du directeur, sa patience. On s'extasiait devant les nombreuses fonctions de l'homme de fer. Quel ouvrage minutieux ! Et quel présent original !

Isamberte elle-même était fascinée. Elle ne pouvait détacher ses yeux de l'être métallique. Elle passait la main sur sa joue de fer, son front inanimé, serrant fortement la clé dans son poing. Son père, attendri jusqu'aux larmes, souriait.

Devant ce spectacle, Gustave eut une certitude. Il devait absolument explorer l'atelier personnel du directeur, que celui-ci avait refusé de lui faire visiter le premier jour.

*

Dès qu'il fut de retour dans sa mansarde, Gustave mit au point un plan d'action infaillible, en seulement six étapes :

1) identifier la partie du plancher de sa chambre qui se trouvait au-dessus de l'atelier ;
2) emprunter discrètement une scie dans la remise à outils ;
3) pendant une pause de l'équipe de nuit, en douce, resserrer les valves de la perforatrice, de manière à ce que la machine tourne plus bruyamment encore qu'à son habitude ;
4) profiter de ce vacarme pour scier le plancher sans que personne ne l'entende ;
5) retourner auprès de la perforatrice, re-régler les valves.
6) la nuit suivante, passer par cet orifice pour pénétrer dans l'atelier du directeur.

Le plan se déroula sans anicroche. Peu après minuit, Gustave, muni d'un bougeoir, se coula sans bruit par le trou du plancher.

Dans l'atelier, il craqua une allumette et alluma sa bougie. À la lueur de la flamme, il vit des morceaux de corps, des mains, des jambes, des doigts et des oreilles. Il se retint de crier. Quand son cœur se fut calmé, il comprit sa méprise. C'était là, bien entendu, des parties d'automates. Il avança prudemment. Sa bougie éclairait lugubrement divers membres coupés. Au fond de l'atelier, une silhouette austère l'attendait. Gustave leva la flamme. Il se trouvait en face d'un homme de fer complet, un peu plus grand que celui qu'Isamberte avait reçu pour son anniversaire. Il était creux, et s'ouvrait comme un sarcophage.

Gustave ne put réprimer un frisson. Il ne s'agissait que d'une coque de fer vide. Et pourtant, il lui semblait qu'il avait sous les yeux un être dangereux, animé d'intentions mauvaises. Il s'ébroua pour chasser ce ressenti, qui aurait fait sourire Alfred. Il continua son exploration. Au moins, pour une fois, il avait réussi son effraction sans se faire surprendre.

Juste à ce moment-là, Gustave entendit la porte s'ouvrir. Le directeur avait décidé de revenir dans son atelier en plein milieu de la nuit ! Le jeune homme se retint de jurer tout haut. Il regarda autour de lui. Il n'avait pas le temps de remonter par l'ouverture qu'il avait pratiquée dans le plafond.

En une seconde, il éteignit sa bougie, et se glissa à l'intérieur de l'homme de fer. M. Aldinni entra. Gustave l'entendit farfouiller en maugréant, comme s'il cherchait un outil. Gustave n'avait pas complètement refermé le sarcophage. Le directeur dut finir par trouver, car le bruit s'arrêta. Gustave poussa un soupir de soulagement. M. Aldinni allait sans doute partir.

– Bah, maintenant que je suis là, après tout... murmura le directeur.

Il posa sa lampe à huile sur la table et se mit à travailler. Gustave prit son mal en patience. Il était bien caché, le directeur ne pouvait le voir.

C'est alors que M. Aldinni s'approcha de l'homme de fer, une poignée de clous en main. Il referma le sarcophage et entreprit de le sceller définitivement, en rivant soigneusement les parois.

Alliage du chapitre 8

20 % de titane,
10 % d'explosion,
70 % de pages de journal et de révélations

En voyant le directeur s'approcher de l'homme de fer, Gustave se fit tout petit. Quand le dessus du sarcophage se referma et que les rivets commencèrent à s'enfoncer un à un, son cœur s'emballa. Il respira profondément. Surtout, ne pas paniquer. Il y avait certainement une solution.

C'est alors que Gustave entendit le directeur prononcer le mot « phénix ». Tout en travaillant, M. Aldinni marmonnait dans sa barbe. À travers les parois métalliques, sa voix parvenait à Gustave étrangement déformée. Les phrases étaient hachées par le tintement du marteau contre la coque. Gustave tendit l'oreille pour décrypter les propos du directeur. Il crut l'entendre grommeler qu'il faudrait mieux attacher le phénix.

M. Aldinni reposa son marteau, quitta l'atelier, et ferma la porte derrière lui. Gustave était encore bouleversé par ce qu'il venait d'entendre. Bien sûr, il avait toujours espéré que sa mission le mette sur la voie d'une incroyable découverte. Mais maintenant qu'il entendait réellement parler de phénix dans la bouche du directeur, il n'en revenait pas.

Hélas, pour l'heure, un problème plus pressant l'occupait. Gustave était prisonnier d'un sarcophage de fer. Le jeune homme contracta ses muscles et tenta de forcer l'ouverture. Le couvercle ne bougea pas d'un pouce.

Gustave calma sa respiration. Pour se rassurer, il effectua quelques calculs. Le volume de la statue devait atteindre environ 400 litres. Son corps occupait 70 litres. Cela laissait 330 litres d'air dans le sarcophage, parmi lesquels il y avait 20 % d'oxygène. Gustave disposait donc de 66 litres d'oxygène. S'il ne consommait qu'un litre d'oxygène par minute, il avait plus d'une heure devant lui avant de mourir d'asphyxie.

Une terrible conclusion s'imposa à Gustave. Dans un éclair de lucidité glaçante, il réalisa qu'il aurait dû crier et se montrer lorsque le directeur s'était approché. Il aurait grillé sa couverture, raté sa mission, mais il serait encore en vie. Alors que maintenant, il y avait de fortes chances pour qu'il meure étouffé dans un cercueil de fer. M. Aldinni ne reviendrait pas dans son atelier avant le lendemain matin, au mieux. Il continuerait à travailler à sa statue, sans savoir qu'elle abritait un cadavre en son sein. Au bout de plusieurs jours, une odeur fétide l'alerterait sans doute, et alors on retrouverait le corps putréfié de Gustave à l'intérieur de l'homme de fer.

Gustave se contorsionna en tous sens. Il contracta si fort ses muscles que le sang se mit à pulser dans ses tempes. Il aurait juré qu'un marteau-pilon tambourinait dans ses oreilles.

Il se démena tant que l'homme de fer bascula en avant, heurta la table, puis tomba sur le côté. Dans cette chute, le bras de fer se plia, et un espace s'ouvrit entre les deux battants. Sans même s'apercevoir des entailles qui lacéraient son bras, Gustave parvint à sortir un poing sanglant de la gangue de métal. Par une chance extrême, en tombant, l'homme de fer avait renversé des outils, et le jeune homme trouva un pied de biche à sa portée. Il serra si fort le manche que, sur la voûte de la main, les nerfs saillirent, prêts à rompre. En appuyant le bout de l'outil contre la feuille de métal déjà gondolée, il réussit à dégager son épaule. Puis, une fois son bras entièrement libre, il s'appliqua à dégager son visage. Il continua à faire sauter un à un les rivets, et put enfin s'extraire de la coque métallique.

Le jeune homme resta longtemps allongé à même le sol, vidé de toute énergie, heureux seulement d'être libre et en vie. Le jour commençait à se lever. Il trouva la force de se relever et de tout remettre en place dans l'atelier. En quelques coups de marteau, il répara la carrosserie de l'homme de fer, et replaça les rivets. Il rejoignit sa petite chambre, encore secoué par son aventure.

*

Quand il descendit dans la salle des machines, le lendemain de son expédition nocturne, Gustave dut se retenir de soulever tous les sacs à charbon à la recherche du phénix.

Une des poinçonneuses tournait au ralenti. Gustave s'accroupit devant les rouages de la machine, cherchant d'où venait le problème. Soudain, le mécanisme pointa du nez dans sa direction, puis recula le museau, tel un petit animal curieux, mais craintif.

Gustave se frotta les yeux. La fatigue lui faisait perdre la raison. Les rouages n'étaient pas des êtres doués de volonté. Ils ne cherchaient pas à quitter leur moteur.

À nouveau, le mécanisme fit un petit bond en avant, comme s'il allait sauter hors de la machine.

Gustave se redressa. Il y avait forcément une explication rationnelle. Derrière lui, un ouvrier traversa la salle, un seau vide dans les bras. L'engrenage tressauta. L'ouvrier repassa en sens inverse, le seau chargé de charbon. Nouvelle secousse de la machine.

Serait-il possible que l'ouvrier attire les aimants ? C'était là une explication hautement improbable. Gustave décida pourtant de la vérifier pour mieux l'écarter. Il interpella le manœuvre. Ce dernier, tout à son inlassable remplissage, n'entendit pas le contremaître.

Soudain, une courroie rompit à l'intérieur de la poinçonneuse. La machine laissa échapper le début d'une pétarade. Gustave cria : « À terre ! » La Malloise passait à son niveau. Il eut tout juste le temps de la plaquer au sol. Une courte détonation retentit. Une volée de pistons saillit hors de la machine, qui se calma aussitôt après avoir éructé. Gustave se releva. Personne n'était blessé.

L'ouvrier qui portait les seaux de charbon, imperturbable, reprit son travail répétitif. Gustave s'approcha de lui et laissa échapper une exclamation. Un éclat de métal affûté s'était fiché dans son biceps. Le tesson était enfoncé de plusieurs centimètres dans le muscle. L'homme ne semblait pas même s'en être aperçu.

Le directeur jaillit, alerté par le bruit. Après une kyrielle de réprimandes, il emmena l'ouvrier pour le faire soigner. Comme Gustave suivait, M. Aldinni se retourna brusquement :

– Ce sera bon, nous n'avons plus besoin de vous.

Il prit l'ouvrier par les épaules sans ménagement, et s'éloigna d'un pas rapide.

Gustave fronça les sourcils. Préoccupé par les événements dont il avait été témoin, c'est à peine s'il entendit la Malloise le remercier.

– Comment n'a-t-il pas pu se rendre compte qu'il était blessé ? dit-il à l'ouvrière.

La Malloise haussa les épaules.

– Ici, pour trimer toute la journée, vaut mieux pas faire attention à nos petits bobos. On met notre carcasse de côté, on n'y pense pas. Et puis bon, on le sait bien, on n'est rien d'autre que de la chair à machine.

Cette dernière expression frappa Gustave. Il sentit qu'il était sur le point de percer à jour le mystère de la manufacture. Discrètement, il suivit le directeur et l'ouvrier blessé qui quittaient la salle des machines.

Derrière lui, il entendit la poinçonneuse grincer une seconde fois. Il cria aux hommes d'arrêter la machine pour éviter de nouveaux accidents. Le directeur et le manœuvre s'éloignaient. Il ne devait pas les perdre des yeux.

Gustave jeta un dernier coup d'œil derrière lui. Son ordre de couper la poinçonneuse s'était perdu dans le vacarme. Seule la Malloise, voulant bien faire, s'était arc-boutée sur l'énorme valve pour la fermer. Timalloy courut à sa rescousse. La machine menaçait de se déchaîner à nouveau.

Gustave hésita à leur venir en aide ou à poursuivre sa filature. Soudain, une vérité s'imposa à lui, étincelante dans son évidence. C'était comme si, soudain, il voyait clair en lui. Il avait admiré Louis Pasteur. Il s'était rêvé le destin d'un héros. Il avait espéré briller aux yeux des membres de la S.S.S.S.S.S., faire d'éblouissantes découvertes, être le premier à prouver l'existence du phénix. Ces aspirations lui semblaient aujourd'hui d'une profonde vanité.

Même si ses fonctions de contremaître étaient une couverture, ses responsabilités étaient bien réelles : tant qu'il occupait ce poste, il était chargé de la sécurité de cinquante ouvriers. Plus que le résultat de son enquête, sa préoccupation première, en tant que contremaître aussi bien qu'agent secret, était que nul ne soit blessé, ou pire.

Sans regret, Gustave laissa là le directeur et ses manigances. Il vola à l'aide de la Malloise et son petit neveu. Il fit bien. Le moteur était sur le point d'exploser, et à eux trois, ils eurent tout juste le temps de couper la vapeur, évitant de justesse un nouveau drame. Le jour même, Gustave mit en place des réorganisations profondes pour rendre la chaîne de travail plus sûre.

D'abord, il reforma les équipes. Certains ouvriers avaient une plus grande force brute, tandis que d'autres étaient plus précis. Il assigna à chacun un poste où il était le plus efficace. Il n'avait pas autorité sur les salaires des manœuvres, mais il eut l'idée, en inscrivant ces nouvelles équipes dans les registres, de faire apparaître la Malloise sous le nom « M. Malloy ». Si on l'interrogeait, il ferait le simplet, et dirait qu'il avait pensé bien faire en écrivant ainsi le patronyme de Marguerite Malloy. Et avec un peu de chance, le comptable y lirait un « Monsieur », et lui verserait le même salaire que les hommes.

Puis Gustave profita d'une absence du directeur pour interrompre la chaîne et faire remplir les réserves d'eau en cas d'incendie. Le père Malloy, en entendant cet ordre contraire aux instructions du directeur, eut un moment d'hésitation. Puis, sur un signe de tête approbateur, il transmit les consignes.

En fin d'après-midi, tous les bassins étaient pleins. Gustave supervisa le redémarrage de la chaîne, mais malgré les efforts des manœuvres, désormais bien coordonnés, ils prirent un jour de retard sur la livraison. Lorsque le directeur l'apprit, Gustave essuya un blâme. Il l'encaissa sans broncher : il avait fait son choix. Il espérait juste qu'il ne serait pas à ce point marqué au fer rouge, que le directeur lui interdirait de revoir sa fille.

Enfin, Gustave ayant augmenté le chiffre d'affaires de la manufacture, il estima qu'il pouvait réduire les cadences. Il instaura une véritable pause à l'heure du déjeuner, suffisamment longue pour couper la journée en deux et permettre aux travailleurs de reprendre des forces. Il écourta la journée de travail et ménagea des arrêts réglementaires toutes les deux heures.

Lorsqu'il déambulait dans la salle des machines, Gustave avait le sentiment d'avoir rééquilibré le rapport de force. Certes, les ouvriers trimaient toute la journée, ployés sous le souffle brûlant du dragon mécanique. Mais il était parvenu à allonger leur laisse.

Pourtant, certains ouvriers refusaient de profiter de ces aménagements. Gustave voyait ces montagnes de muscles ignorer ses recommandations, et ne jamais s'arrêter de travailler. À midi, ils réagissaient machinalement à la cloche qui sonnait le déjeuner. Une fois assis sur leur banc, ils avalaient leur casse-croûte en quelques minutes, et retournaient aussitôt à leur poste, comme irrésistiblement attirés. Gustave avait essayé de les convaincre de prendre plus de repos. Il leur avait même lancé son plus mauvais calembour à ce jour, en leur disant un midi, avec un clin d'œil appuyé : « Ce n'est pas encore l'*or* de retourner au travail ! » En vain. À croire que les hommes ne l'entendaient même pas. Parmi eux, Gustave avait cherché l'ouvrier blessé. Ce dernier n'avait pas réapparu.

*

Une après-midi, alors qu'il revenait vers l'entrée de la manufacture après avoir vérifié un chargement qui quittait les locaux, Gustave entendit des ouvriers discuter entre eux pendant leur pause. Comme toujours, il ne comprenait pas leur jargon :

– Alors, vous flouez ?

– Calte ! Tu carres pas de brem sous ta viscope, au moins ?

– Nisco ! Brise là avec tes charibotages.

– Si on peut plus richonner avec tésigues... Allez, je défausse.

Reconnaissant, de loin, la Malloise, il s'approcha pour la saluer.

Dès qu'ils aperçurent leur contremaître, les ouvriers fourrèrent leurs mains dans les poches d'un air coupable. Ils accueillirent Gustave avec mauvaise grâce. Même la Malloise, d'ordinaire si bonne fille, sembla gênée. Gustave s'étonna de leurs manigances. Il fit mine de s'éloigner, mais revint sur ses pas pour les observer à distance.

Il les suivit lorsqu'ils rentrèrent dans la salle des machines. De loin, il vit la Malloise se disputer avec le père Malloy. Mais il eut beau tendre l'oreille, il ne parvint pas à déchiffrer leur conversation.

Ce n'était pas la première fois que Gustave surprenait la Malloise occupé à d'étranges manèges. En bon agent secret, il aurait sans doute dû poursuivre ses filatures, espionner ses hommes, interroger discrètement certains ouvriers, échafauder des hypothèses, soudoyer Timalloy.

Au lieu de quoi, Gustave opta pour une solution plus simple. Il fit monter la Malloise dans son bureau, et lui dit :

– Je vais mettre cartes sur table. Je vous ai parfois surprise en train de glisser quelque chose aux membres de votre équipe, ou de tourner discrètement dans la manufacture. J'aimerais savoir ce que vous manigancez.

La Malloise, embarrassée, tourna sa casquette entre ses doigts. Puis, avec sa franchise habituelle, elle déclara :

– Très bien, jouons franc jeu. À mon tour de mettre cartes sur table.

De sa poche, elle sortit un jeu de tarot tout usé et le posa sur le bureau.

– J'aime jouer, dit-elle.

Elle n'en dit pas plus, mais Gustave comprit le reste : tout à l'heure, il avait surpris les ouvriers en train de disputer une partie. Il devina aussi que la Malloise, comme tous ceux qui ont le démon du jeu, devait avoir accumulé les dettes. Voilà pourquoi elle glissait parfois un billet à ses collègues. Et c'était là, sans doute, le sujet de sa dispute avec son frère.

– Ce n'est pas une jolie habitude, je le reconnais, ajouta la Malloise avec une certaine gêne. Est-ce que vous allez me renvoyer ?

Gustave protesta.

– Vous faites bien votre travail. Le reste vous regarde.

– Je savais que je pouvais compter sur vous ! s'exclama la Malloise. Tenez, pour vous remercier, laissez-moi vous dire l'avenir.

Gustave n'osa pas refuser.

L'ouvrière étala les cartes sur le bureau et l'invita à piocher. Gustave retourna une première carte. Il tressaillit. Elle représentait un phénix.

– C'est la carte du feu, expliqua la Malloise sans se troubler. Elle désigne la manufacture, évidemment. Un événement va donc se produire ici même.

Gustave choisit une seconde carte. Elle représentait un pendu. Cette fois, la Malloise pâlit.

– C'est une carte plutôt négative, dit-elle d'une voix hésitante. Elle représente le fait d'être enfermé ou prisonnier, pieds et poings liés.

Gustave retourna les deux dernières cartes. Sur l'une, on voyait un squelette conduisant une barque, en dessous de l'inscription « la Mort » ; sur l'autre, une tour qui s'écroulait, avec pour légende « la Maison du Diable ». Cette fois, la Malloise semblait véritablement effrayée. Pour détendre l'atmosphère, Gustave demanda en souriant si son avenir était décidément si noir. La Malloise se ressaisit. Elle brouilla les cartes d'un geste conjurateur. Puis elle reforma le paquet et le glissa dans la poche de son pantalon, en marmonnant que la lecture du tarot était complexe, et qu'il fallait se garder des interprétations hâtives. Sur ce, elle quitta précipitamment le bureau.

Gustave la laissa filer. Cet épisode ajoutait au malaise qui le tracassait depuis le début de sa mission dans la manufacture. Une odeur inhabituelle le tira de ses pensées. Par-dessus les volutes de soufre qui s'échappaient de la salle des machines, des effluves très ténus se faisaient sentir : une odeur de roussi, de calciné.

Le jeune homme quitta son cabinet à la hâte. Il se pencha sur la balustrade, scrutant la salle des machines. D'ici, il ne sentait plus rien, et les nuages de fumée l'empêchaient de voir. Il ferma les yeux. Le vrombissement apeuré venait de la partie sud. Là-bas, un des laminoirs commençait à chauffer, provoquant l'effroi des engins alentour. Le laminoir feulait méchamment, hérissant ses tubulures, tandis que son moteur s'embrasait. Gustave courut à la cloche qui sonnait l'alarme.

En entendant le carillon, le directeur bondit hors de son bureau. Le temps que Gustave dévale l'escalier, des flammèches jaillissaient déjà de la machine. Le directeur se pencha au-dessus de la passerelle et ordonna : « Poussez immédiatement le vantail qui isole le laminoir sud ! »

– Verrouillez vite la barrière sud ! brailla le manœuvre le plus proche.

– Bouclez illico le portique sud ! s'époumona la Malloise.

– Barricadez sur-le-champ le battant sud ! hurla Peinchebec.

– Ne fermez pas tout de suite la porte sud ! cria Gustave.

Le chef d'atelier s'arrêta, troublé par cet avis discordant dans la chaîne d'ordres. Il hésita. Finalement, son respect de la hiérarchie l'emporta : le directeur avait supériorité sur le contremaître. Le père Malloy fit coulisser le lourd panneau en fonte.

Gustave, vif comme l'éclair, se faufila dans l'entrebâillement, juste avant que la porte ne se referme. Le chef d'atelier avait à peine eu le temps de le voir passer, que déjà le loquet était abaissé. Gustave venait de s'enfermer dans un caisson de métal, entre un moteur en flammes et un four chargé de soufre et de charbon de bois. Au premier embrasement, tout exploserait.

– Timalloy, Timalloy, cria-t-il, essayant de couvrir le vacarme.

Juste avant de descendre les escaliers, entre deux nuages de vapeur, Gustave avait aperçu une petite main. Timalloy devait travailler sous le moteur, et n'avait pas eu le temps de sortir des engrenages.

L'enfant trébucha hors du laminoir. Il tituba, étourdi par les fumées nocives. Gustave regarda autour de lui. Ils n'avaient plus que quelques secondes. Il avisa un gros seau, le vida de sa cendre. Il attrapa Timalloy par la taille et sauta avec lui dans le bassin. L'eau lui arrivait aux épaules. Gustave leva le seau renversé au-dessus de sa tête. Il le plaça à la surface, plia les jambes, et tira de toutes ses forces sur les anses, afin que le seau s'enfonce tout en restant vertical.

Le moteur du laminoir explosa. Une rafale brûlante déferla dans le caisson. Gustave s'immergea entièrement. De ses deux bras, il maintenait le seau bien droit. Timalloy était agrippé à ses épaules. Sous le seau était logée une bulle d'air, qui leur permettait à tous deux de respirer.

L'eau dans laquelle ils barbotaient devint très chaude. Autour d'eux fusaient des éclats de fer aiguisés, des boulons et des clous, dont la course était heureusement ralentie dans l'eau. Gustave les devinait aux fins courants qui sabraient ses mollets et son dos, et aux tintements qui résonnaient à l'intérieur du seau. Hors de question de remonter tout de suite à la surface, dans cette grêle de débris métalliques, et l'air saturé de flammes.

Gustave ignorait combien de temps lui et Timalloy auraient encore de l'oxygène. De toute manière, un autre souci l'accaparait. Ses bras faiblissaient. Pourtant, Dieu sait que les entraînements à la S.S.S.S.S.S. avaient été longs et pénibles, et qu'il avait forci depuis quelques mois. Mais le seau était large, et la puissance nécessaire pour le maintenir droit, sous l'eau, était considérable.

Ses biceps tremblaient. L'enfant se cramponnait à sa nuque, la respiration saccadée et les yeux agrandis par l'effroi. Gustave, de toutes ses forces, tirait sur les anses. Parfois, un spasme incontrôlable traversait ses muscles, et le seau tanguait, manquant de se renverser. L'eau clapotait à l'intérieur de leur petite bulle d'air. Timalloy laissait échapper un gémissement étouffé, à peine un soupir, qui soulevait sa poitrine maigriotte. Il se ratatinait, écrasé par le déchaînement de colère de la machine. Alors Gustave serrait les dents, convoquait sa hargne, puisait dans ses dernières réserves pour obliger son corps à ne pas lâcher.

Il tint bon. Pendant deux heures. Ou une minute. Impossible de savoir. Quand le seau bascula, et que l'eau déborda sur leurs visages, ses bras avaient lâché sans même qu'il s'en rende compte, sans que son cerveau en donne l'ordre. Sa volonté, toujours tendue, continuait de courir après sa survie et celle de l'enfant.

Gustave et Timalloy émergèrent du bassin. Avec un dernier reste d'énergie inespéré, Gustave plaqua sa main sur la bouche de Timalloy, l'invitant à ne pas aspirer les nuages de suie qui flottaient alentour. Il ôta sa chemise et en fit un bâillon humide, qu'il passa autour du visage de l'enfant, sans serrer, pour que ce dernier respire à travers le linge mouillé. Lui-même, retenant sa respiration, courut vers la porte. Il leva la main pour tambouriner contre le battant. Il ne se passa rien. Gustave, engourdi, s'efforça de comprendre. Avec étonnement, il baissa les yeux, et considéra ses bras. Ils ballaient le long de son buste, les poignets agités de convulsions. Ses mains ne lui répondaient plus. Il n'avait plus la force de toquer à la porte.

Timalloy le rejoignit en chancelant. Il sortit son canif de sa poche, et tapa vivement avec le manche contre le panneau.

De l'autre côté, les manœuvres tirèrent le loquet. La porte s'ouvrit enfin, vomissant un flot de fumées noires, charriant Gustave et Timalloy, qui s'écroulèrent hors de la fournaise.

*

L'enfant et le contremaître en furent quittes pour quelques brûlures superficielles. Ils toussèrent beaucoup les jours suivants, mais rapidement Gustave sentit qu'il retrouvait son souffle.

Depuis cet accident, Gustave supervisait la chaîne d'un œil expert, écoutant les rouages et veillant à prévenir un nouveau coup de rouge. Il surveillait les machines et les hommes. Il savait reconnaître les phases de travail les plus harassantes. Parfois, un four carburait un peu moins fort. La lave métallique qui coulait hors du creuset était alors épaisse et grumeleuse, chargée de scories. Les ouvriers chargés du brassage devaient fournir deux fois plus d'efforts pour remuer et filtrer ce liquide. Gustave ralentissait la cadence et envoyait des renforts, jusqu'à ce que le four tourne de nouveau à plein régime. Sous sa direction, la manufacture filait comme une galère portée par des rameurs bien rodés. Quand il se rendait dans la salle des machines, les regards méfiants avaient fait place à des saluts respectueux.

Il restait tout de même dans la manufacture des ouvriers que Gustave ne parvenait pas à apprivoiser. C'était les mêmes qui refusaient de prendre des pauses ou de déjeuner correctement. Le père Malloy non plus ne s'était pas déridé. Il se montrait toujours aussi froid et distant avec son supérieur. Gustave s'en ouvrit à la Malloise. L'ouvrière soupira.

– Moi, j'oublierai pas ce que vous avez fait pour mon neveu, commença-t-elle. Il n'y a pas beaucoup d'hommes qui seraient entrés dans la fournaise comme vous l'avez fait, surtout pour un mioche qui gagne pas encore autant qu'il mange.

Elle le regarda franchement dans les yeux.

– Mais ne vous attendez pas à ce que mon frère vienne vous remercier, poursuivit-elle. Ce n'est pas un rigolard. Vous avez sauvé son fils, cela s'entend. Mais faudrait pas pour autant attendre son éternelle reconnaissance. Il est buté, vous savez. Il ne démord pas d'avoir fait le bon choix en obéissant au directeur et en fermant la porte.

Une ombre passa sur son visage habituellement ouvert et gai, et elle ajouta :

– Et puis, soyons réalistes. Cette fois-ci, vous avez tiré Timalloy d'un mauvais pas. Ça ne change rien à la situation. Il n'aura pas toujours cette chance. Les gamins qui travaillent ici ne font pas de vieux os. Un jour il finira estropié, ou pire.

Gustave opina. Il espérait que les choses pourraient changer. Ensemble, ils discutèrent longuement des conditions de travail dans la manufacture.

Au fil de leur conversation, Gustave interrogea la Malloise sur un détail anodin qui le turlupinait depuis longtemps déjà.

Il entendait souvent les manœuvres échanger des grivoiseries. Dans leurs plaisanteries, des noms revenaient : la grosse Rosa, Madelon, la mère Michel... À qui faisaient-ils allusion ? Gustave avait longtemps hésité à poser la question, car ces prénoms étaient sans doute ceux de femmes de petite vertu. Finalement, sa curiosité l'avait emporté.

La Malloise éclata de rire.

– Enfin, voyons, ce sont nos machines ! s'exclama-t-elle.

À force de passer le plus sombre de leur temps devant le même engin, les ouvriers finissaient par lui donner un petit nom affectueux. La grosse Rosa, c'était l'énorme fourneau de brassage de la fonte. Le four de la partie nord, lui, s'appelait la petite Anne.

En entendant la Malloise prononcer « 'tit'Anne » avec son accent des faubourgs, Gustave eut une illumination. Il quitta l'ouvrière et courut au four en question. Il tourna autour. Enfin, il l'aperçut. Dans le socle, dissimulé derrière un tuyau, il y avait une petite serrure. Gustave s'agenouilla. Il sortit la clé sur laquelle était gravé le mot « titane », qu'il avait trouvée en dissolvant la statue d'Héphaïstos.

La clé rentra sans mal dans la serrure. Avec excitation, Gustave donna un tour. Un petit panneau s'ouvrit, révélant une cavité. Il tâta l'espace et sentit un objet rectangulaire, qu'il saisit. C'était un carnet. Gustave, impatient, l'ouvrit aussitôt. Il parcourut rapidement les premières pages. Il avait en main le journal intime de l'ancien contremaître.

Le cahier avait passé des mois caché là, exposé aux jets de vapeur. Peu à peu, la colle sur la tranche s'était évaporée. Juste comme Gustave commençait à le feuilleter, une valve mal intentionnée souffla sous le journal. Toutes les pages s'envolèrent.

Gustave vit avec désespoir les feuillets qui se dispersaient dans la manufacture. Voilà son indice qui s'envolait ! Il courut derrière la page la plus proche. Elle virevolta çà et là, puis tomba bien à plat sur le socle de la poinçonneuse.

Gustave s'approcha. La page se faisait perforer. Il devait la récupérer rapidement. Il approcha la main des rivets qui descendaient et remontaient mécaniquement. Une erreur d'une seconde, et il se ferait trouer la paume de part en part. Il se rappela les conseils de Constance sur le rythme et la respiration. Il ferma les yeux, attentif seulement au battement des pistons et à celui de son cœur. En une expiration, à toute vitesse, il tendit la main, juste dans l'intervalle entre deux poinçons qui tombaient, et attrapa la page.

Criblée de trous, elle allait bientôt s'émietter. Il s'empressa d'en mémoriser le contenu :

Les manœuvres me méprisent. Je sens leur hostil… à chaque fois que je desc…ds dans la sa… des machines. Ils m'obser… avec des regards soupçonn… Je fais pourtant de m… mieux. Je leur parle simplement, pour bien me faire …mprendre d'eux. Je me m…tre toujours encou…geant, je les félicite. Pour… …oi ne puis-je pas me faire accepter ?

Gustave leva les yeux. Une autre page volait non loin. Elle vacilla, puis un courant d'air la happa, et elle s'inséra dans le laminoir, entre deux rouleaux qui tournaient l'un contre l'autre pour aplatir les feuilles de métal. Sous l'effet de la chaleur, elle se plaqua autour d'un rouleau. À chaque tour, l'encre s'étalait un peu plus.

Gustave se plaça sur le côté de la machine. Il était au bout du rouleau, au propre comme au figuré. Mais il était bien décidé à ne pas abandonner. Ce nouvel indice ne lui échapperait pas. Il retint sa respiration, et enfonça son poing bien serré dans l'intervalle entre les deux rouleaux. En serrant les doigts contre la paume, il avait tout juste la place de glisser son avant-bras. Son poing fermé se trouvait maintenant au niveau de la page de journal.

Avec d'infinies précautions, il dégagea un doigt, puis deux, pour saisir le papier. Si un des doigts venait à toucher le rouleau, sa main serait happée dans le compresseur, et tout son bras définitivement aplati. Gustave transpirait à grosses gouttes. Enfin, il réussit à pincer un coin de la feuille entre son index et son majeur. Tout doucement, il dégagea son poing, ramenant la page vers lui, se forçant à ne pas aller trop vite, de peur de commettre un geste malheureux juste sur la fin.

Il sortit le bras de la machine et poussa un soupir de soulagement. Sur la page, l'encre, chauffée, continuait de s'étaler. Le message allait bientôt disparaître. Le plus vite possible, il déchiffra :

Les fourneaux produisent moins depuis une semaine, alors que les ouvriers chargent toujours autant de charbon. Je suis entré dans le générateur central pour vérifier l'état des engrenages. Plusieurs fois, dans les reflets rougeoyants des flammes, j'ai cru apercevoir l'ombre d'un oiseau. Je travaille trop. Voilà que j'ai des hallucinations. Je vais finir par me tuer à la tâche.

Alors que l'encre terminait de s'étaler, Gustave courut à la poursuite d'une autre page. L'une d'elles, portée par les courants d'air chaud qui soufflaient des machines, s'était envolée jusqu'à l'autre bout de la salle. Gustave la suivit, le nez en l'air. Au gré d'un courant froid descendant, elle chuta. Elle atterrit dans la raboteuse. Gustave regarda le rabot, qui passait à toute vitesse au-dessus des pièces pour imprimer des rails dans le métal encore ductile. Il leva les bras au ciel. À croire que la salle des machines s'était liguée contre lui.

La page se fit varloper une première fois. Gustave ne devait pas perdre de temps. Il glissa le bras sous le rabot, d'un geste presque négligent. C'était la troisième fois qu'il mettait la main dans la gueule d'une machine, il commençait à avoir l'habitude. Il tarda d'une microseconde, et la machine faillit le soulager d'un bout de pouce. Au lieu de quoi, il en fut quitte pour une bonne coupure. Sur la page sauvée, il lut :

Il y a quelque chose de pourri dans cette manufacture. L'ambiance y est malsaine. Quelque chose est tapi dans les vapeurs de fumée, j'en suis certain. Et les ouvriers... avec leurs gestes répétitifs et leurs regards vides. Eux non plus ne sont pas humains.

Pourtant, c'est à peine s'il se préoccupait de ses blessures. Il était tout à sa découverte du journal et des informations précieuses qu'il contenait.

Une dernière page papillonnait encore dans les airs. Gustave, malgré la fatigue, repartit en courant. La feuille s'approchait du générateur central. Il attrapa une échelle et l'appuya contre le grand dôme. Il grimpa les échelons et tendit le bras en avant. La feuille lui passa entre les doigts.

Gustave s'inclina pour tenter de la lire avant qu'elle ne disparaisse entre les rouages. Soudain, il sentit que l'échelle se dérobait, comme si quelqu'un, en bas, tirait sur les échelons pour qu'il bascule. Il perdit l'équilibre et versa la tête la première dans les engrenages.

Alliage du chapitre 9

22 % de platine,
43 % d'or,
35 % de rendez-vous amoureux et coups de foudre

Comme au ralenti, Gustave vit les rouages, de plus en plus gros, qui approchaient de son visage. Il allait piquer du nez en plein dans un roulement à billes. À quelques millimètres d'une roue crantée prête à le mordre, sa chute s'arrêta. Une main ferme avait empoigné sa cheville.

Le père Malloy avait aperçu son contremaître qui sautait comme un merluchon entre les machines. Le temps d'accourir au pied du générateur central, il avait de justesse attrapé le jeune homme par son soulier.

Dans le même temps, Timalloy s'était faufilé à toute bringue dans la machine. Il avait sauté comme un cabri sur les tuyaux, pour arriver au niveau de Gustave. Il avait eu la présence d'esprit, d'un coup de clé, de stopper le rouage qui allait avaler le col de son contremaître. Le visage congestionné par l'effort, il maintenait la pression de toute la force de ses petits bras. Le temps que le père Malloy, en tirant, récupère son supérieur, et l'enfant put relâcher la clé.

Gustave remercia mille fois le père Malloy et son fils. Le chef d'atelier haussa les épaules avec mauvaise humeur et retourna aussitôt à ses affaires. Timalloy lui serra fièrement la main :

– Désormais, nous sommes quittes, déclara l'enfant d'un air grave.

Gustave rentra dans son bureau, serrant dans ses bras les pages froissées, salies, poinçonnées et rabotées. Il n'avait pas meilleure allure que le journal. Il était noir, échevelé et dégoulinant de sueur. Une de ses mains saignait.

Sans même songer à se rafraîchir ou prendre un peu de repos, il mit les feuillets dans l'ordre en s'aidant des dates. Malgré quelques pages manquantes, il put ainsi reconstituer l'intégralité du journal. L'ancien contremaître y confiait ses états d'âme. Le plus souvent, il s'épanchait sur son mal-être, le travail ardu, le contact difficile avec les ouvriers.

Vers la fin du carnet, l'écriture se faisait plus tremblée. Des pâtés d'encre parsemaient les pages. Les lignes sinuaient, comme si leur auteur ne parvenait plus à écrire droit. Pourtant, ces pages-là étaient les moins intéressantes. Ce n'étaient que d'ennuyeux rapports techniques et comptes rendus sur les réparations effectuées. On lisait par exemple :

J'ai senti la lame glisser sur mes boulons. J'ai saisi les deux tuyaux, puis la plaque de métal intermédiaire. Une bielle de rechange a été placée sur le muselet. J'ai ensuite bien enfoncé le socle à vif, ce qui déclenche un déclic : il faut alors laisser un large écoulement de sangle pour que la bielle puisse se déplacer. Maintenant, je suis tout à fait sûr qu'il faudrait insérer un maneton entier en fer et en feuilles de métal, sans quoi la panne se reproduira.

Le carnet s'arrêtait brusquement, à la date du 8 septembre. Gustave était certain qu'il ne lui manquait pas la fin, car il avait récupéré des feuilles blanches. D'un coup, sur une dernière description technique, le contremaître avait cessé de tenir son journal.

Gustave balança les pages sur son bureau, mécontent. Il avait risqué sa vie pour un journal qui renforçait ses soupçons, certes, mais ne lui apprenait pas grand-chose. Quelqu'un frappa à la porte. D'un ton un peu bourru, il cria d'entrer. La personne de l'autre côté ne réagit d'abord pas. Puis la porte s'entrouvrit très légèrement, et Isamberte passa la tête par l'entrebâillement.

Gustave se leva brusquement. Il fit une vaine tentative pour se recoiffer, et ne parvint qu'à étaler la suie dans ses cheveux. Isamberte le considéra de bas en haut.

– Je vous ennuie ? demanda-t-elle.

– Pas du tout. Jamais. Entrez donc !

Isamberte fit un pas dans la pièce. Elle semblait moins à l'aise qu'à l'ordinaire.

– Je vous… dit-elle.

Elle s'arrêta d'elle-même. Puis, comme en forçant sur les mots pour qu'ils sortent, elle dit encore :

– Je veux…

Gustave, inquiet, fit un pas vers elle. Isamberte se détourna brutalement et sortit du bureau.

Gustave courut après elle, navré. En se penchant par-dessus la rambarde, il vit la jeune fille qui quittait à grands pas la manufacture. Le soleil accrocha un reflet autour de son cou. Le cœur du jeune contremaître s'emballa plus vite encore que les machines qui clappaient sous ses pieds : la jeune fille portait le cadeau qu'il lui avait offert ! Il venait de reconnaître le pendentif en fer qu'il avait fabriqué pour son anniversaire.

Gustave avait passé de nombreuses heures, dans sa petite chambre, à forger ce pendant. Il avait représenté le visage de la jeune femme, orné d'une couronne à sept pointes qui lui rappelait les diadèmes métalliques que les marmots de la manufacture s'amusaient à lui bricoler. Dans le fond, il avait gravé la flamme d'une torche, qui représentait la liberté à laquelle il devinait qu'Isamberte aspirait.

En secret, Gustave avait serti le cabochon d'un puissant aimant. Et il s'était fabriqué un pendentif similaire, lui aussi aimanté, qu'il gardait caché sous sa chemise.

Gustave prit sa décision. Il allait déclarer sa flamme à Isamberte. Il devait passer à l'action avant que la jeune fille ne l'oublie, ou ne soit fiancée à un godelureau qui ne la méritait pas. Oui, songea Gustave pour se donner du courage, il fallait battre le fer tant qu'il était encore chaud ! Il lui écrirait une lettre pour l'inviter à un rendez-vous secret dans la manufacture. Tout fébrile, le jeune homme retourna dans son bureau.

Vingt-deux brouillons et quatre heures plus tard, Gustave avait terminé sa lettre. Il fallait maintenant trouver un moyen de la faire parvenir à la jeune fille. Gustave sortit et, depuis la passerelle, apostropha Timalloy, qui avait fini sa journée de travail.

Le gamin le rejoignit. Il demanda avec professionnalisme :

– Vous avez besoin de moi, monsieur le contremaître ?

Gustave vérifia que la porte du bureau était bien fermée. Il lui expliqua qu'il avait une lettre à lui confier. Timalloy devait la glisser discrètement dans la poche du tablier d'Isamberte, lors de sa venue dans la manufacture demain matin.

L'enfant trépigna de joie de se voir confier une telle responsabilité. Mais, au moment de prendre l'enveloppe, il fronça les sourcils, soupçonneux :

– Cette lettre... c'est une lettre d'amour ?

Le contremaître commença par protester puis, devant le regard accusateur de l'enfant, reconnut que oui. L'enfant hocha la tête avec approbation : comment ne pas tomber amoureux d'Isamberte ? Puis son instinct protecteur prit le dessus. Il déclara fermement :

– Laissez-moi lire ce que vous lui avez écrit.

Gustave considéra ce mioche qui lui arrivait à peine au-dessus de la ceinture, et faillit l'envoyer paître. Finalement, il lui tendit le pli. L'enfant s'assit à même le sol, et commença la lecture. Il suivait les lignes avec le doigt en chuchotant les mots. Gustave nota mentalement qu'il faudrait vérifier l'instruction que recevaient les enfants logés dans la cité ouvrière. Timalloy déchiffra lentement toute la lettre, qui disait ceci :

Chère Isamberte,

Il **laiton** *pour moi de vous avouer la vérité. Vous m'avez ensorcelé. Je ne vous dirai pas quelles souffrances* **nickel** *tourments j'ai endurés. Mais sachez que j'ai* **rivet** *de vous toutes les nuits depuis notre première rencontre. Un seul regard de vous et je m'***écrou***le. Que vais-je devenir ? Que puis-je* **fer** *?*

*Je dois vous avouer que je n'ai pas d'***argent***... Mais je suis prêt à travailler dur pour me faire une situation, et surtout, je n'hésiterais pas à vous* **cuivre** *jusqu'au bout du monde.*

J'espère que vous recevrez cette déclaration avec bienveillance. Si votre cœur ne m'est pas totalement averse, rendez-vous demain en fin d'après-midi, aux portes de la manufacture.

Votre dévoué,
Gustave Eiffel

Timalloy se releva, regarda gravement Gustave et, sans le quitter des yeux, déchira la lettre en deux. Gustave allait s'emporter, mais l'enfant ne lui en laissa pas le temps. Il cracha au sol et déclara qu'avec une lettre pareille, Gustave pouvait être sûr de rester célibataire jusqu'à ses vieux jours. Qu'est-ce que c'étaient que ces calembours foireux toutes les deux lignes ? Est-ce ainsi qu'on parlait à une dame ? Il fallait faire des comparaisons avec la lune, les roses, les oiseaux, et non pas des blagues sur le métal.

– Et puis, ajouta Timalloy, qu'allez-vous faire des manières, jouer au galantin, vous prosterner comme une chiffe molle ? Mlle Aldinni est d'une solide trempe ! Elle se promène parmi les machines comme chez elle, elle n'a peur de rien. Il lui faut quelqu'un à sa hauteur, un homme capable de lui tenir tête, et non un tourtereau qui lui fera bêtement les yeux doux.

Gustave se sentit ébranlé. Le gamin n'avait peut-être pas complètement tort. Il finit par se laisser convaincre. Il rédigea une nouvelle lettre, suivant les conseils de Timalloy, mais tempérant parfois l'ardeur poétique du petit garçon. Cinq nouveaux brouillons plus tard, ils avaient sous les yeux une missive courte et simple, où Gustave avouait sans détour ses sentiments, et donnait rendez-vous à Isamberte. Timalloy glissa la feuille bien à plat dans la poche de son veston, pour ne pas la froisser.

Pour le remercier, Gustave lui offrit son roman préféré. L'enfant s'essuya trois fois les mains avant d'oser prendre le livre que le contremaître lui tendit. Sur la couverture, en lettres dorées, on lisait : *Les Trois Mousquetaires*. Ce roman était paru quand Gustave avait l'âge de Timalloy. Enfant, il l'avait lu et relu. Il s'était inventé mille nouvelles aventures aux côtés de d'Artagnan. Il espérait que le récit ouvrirait à Timalloy d'autres horizons que celui de la manufacture. L'enfant quitta le bureau en courant, le roman bien serré sous sa blouse.

Alors seulement, Gustave s'aperçut qu'il était fourbu jusqu'à la moelle, noir de crasse, d'encre et de suie, et que le rachis de sa plume avait laissé une marque violacée sur sa paume tout égratignée. Il rentra dans sa petite chambre pour se laver et se soigner.

Ce n'est que le lendemain, en rangeant son bureau, qu'il eut soudain une illumination. Il s'était mis à jeter les nombreux brouillons de sa lettre d'amour dans la corbeille. Parmi ces feuillets, il retrouva une page du journal du contremaître, qu'il venait de plier. Et, ainsi coupé en deux, un nouveau message apparaissait. Il fallait en fait ne lire que la moitié gauche :

M. le directeur m'a tout expliqué.	*Nous allons industrialiser nos processus.*
Quelle avancée ! L'homme de	*peine ne peut concurrencer la machine. le*
fer est l'avenir de l'humanité.	*Le laminoir mécanique est une merveille.*
Pour réussir au mieux l'opération,	*il est recommandé de mêler à la fonte*
deux métaux : le zinc et le cuivre	*Les panneaux métalliques ainsi fondus*
sont introduits dans les parties a	*rrière de la machine, où les pi-*
queuses principales du corps	*principal s'actionnent pour laminer.*
Grâce aux plaques de métal sous la	*travée, il ne se forme pas un seul co-*
peau, le manœuvre est aussi	*responsable de surveiller la rotation*
inlassable qu'une machine	*comme celle-ci peut produire.*

Très excité, Gustave ressortit le reste du journal. Il plia toutes les dernières pages, celles qui ne contenaient que des réparations techniques sur les machines. Sur une de ces feuilles, il lut :

L'opération doit être réalisée	*en dosant avec soin la quantité d'air*
au cœur de l'appareillage,	*Le métal chauffé à rouge est décarburé*
tout près de la fournaise.	*afin que la pièce conserve sa ductilité.*
Les essais menés suivant d'autres	*processus dans les mêmes mi-*
lieux ont toujours échoué	*à donner d'aussi bons résultats.*

Et sur une autre :

J'ai senti la lame glisser sur mes bo	*ulons. J'ai saisi les deux tu-*
yaux, puis la plaque de métal	*intermédiaire. Une bielle de rechange*
a été placée sur le mus	*elet. J'ai ensuite bien enfoncé le so-*
cle à vif, ce qui déclenche un	*déclic : il faut alors laisser un*
large écoulement de sang	*le pour que la bielle puisse se déplacer.*
Maintenant, je suis tout	*à fait sûr qu'il faudrait insérer un maneton*
entier en fer et en feu	*illes de métal, sans quoi la panne se reproduira.*

Ainsi, Gustave reconstitua l'histoire du contremaître. Ce dernier avait accepté de devenir le cobaye du directeur. M. Aldinni menait des expériences visant à améliorer l'être humain. Il intégrait à l'organisme des pièces de cuivre et de zinc, deux métaux très conducteurs, et insérait ensuite des plaques de fer sous la peau.

Dans les premiers temps qui suivaient son opération, le contremaître se montrait élogieux, louant sa force décuplée. Le courant qui traversait son corps stimulait les muscles. Il ne se sentait jamais las, et pouvait reproduire indéfiniment un même geste sans jamais s'épuiser.

Peu à peu cependant, des appréhensions surgissaient sous sa plume. Le contremaître notait avec inquiétude que l'électricité naturellement générée par l'activité cérébrale augmentait elle aussi. Il craignait que ce coup de jus ne lui grille les neurones. Il observait les ouvriers qui avaient subi l'opération avant lui, et s'avisait pour la première fois de leur étonnante passivité. Au fil des pages, il se sentait lui aussi devenir atone, comme empêché de réfléchir par lui-même.

Il redoutait de voir un jour se créer une société entièrement composée d'hommes de fer, esclaves mécaniques incapables d'intelligence, au service d'une élite fortunée. À la dernière page du journal, il prenait la décision de dévoiler les machinations du directeur. Il transmettrait ces informations de manière codée, par une suite d'énigmes : ainsi, seul un individu intelligent, un homme de chair, et non de fer, pourrait les décrypter.

Gustave reposa le journal, réprimant un frisson. Son instinct lui disait que ce que le contremaître racontait était vrai. Son cerveau, pourtant, avait du mal à concevoir que des hommes avec qui il avait travaillé puissent servir de cobayes humains pour d'aussi horribles opérations, et avoir sous la peau une armure métallique. Depuis ses premiers pas dans la manufacture, son intuition l'avait alerté d'un danger. Mais il n'aurait jamais imaginé de telles horreurs.

Le jeune homme chassa ce sentiment de dégoût. Maintenant, il devait agir. Rapidement, il rédigea un rapport. Il courut lui-même le déposer au relais de poste le plus proche. La société possédait différentes boîtes postales dans Paris : Alfred trouverait le rapport d'ici 48 heures tout au plus. En rentrant à la manufacture, Gustave, le cœur battant, réfléchissait à ce qu'il devait entreprendre, seul, d'ici là. Peut-être pourrait-il explorer plus avant le générateur central ? Confronter le directeur ? Ou serait-il plus sage d'attendre les instructions de la S.S.S.S.S.S. ?

Il était tellement préoccupé par cette nouvelle responsabilité qu'il faillit rentrer dans Isamberte. Dans la frénésie de ces nouvelles révélations, il avait oublié l'heure de son rendez-vous galant.

Gustave s'inclina devant la jeune fille. Son cœur pilonnait sa poitrine. Il ne savait pas s'il était secoué parce qu'Isamberte avait accepté son invitation, ou parce qu'elle était en fait la fille d'un savant fou. Mais dans l'instant, sa résolution fut arrêtée. Il arracherait Isamberte aux griffes de son père. Il prit la jeune femme par la main et l'entraîna à l'abri des regards.

Dehors, l'air de plus en plus lourd annonçait un orage imminent.

*

Quand elle passa en douce devant l'atelier de son père, Isamberte se fit toute petite. Gustave lui avait donné rendez-vous en fin d'après-midi, quand M. Aldinni était encore enfermé dans son bureau. Si jamais quelqu'un les surprenait dans la manufacture, Isamberte pourrait toujours prétendre être venue voir son père.

Ensemble, ils se réfugièrent sous les combles, où ils seraient sûrs de ne pas être dérangés. Gustave aida la jeune fille à se hisser sur les poutres qui soutenaient la charpente. Isamberte se prêta à l'escalade sans trembler. Ils s'assirent sur une poutre métallique bien large. Gustave passa un bras autour de la taille d'Isamberte, afin que la jeune fille se sente en sûreté, et n'ait crainte de chuter. Leurs pieds se balançaient au-dessus du vide. Tout en bas, bien loin, les machines roucoulaient.

Isamberte portait encore le pendentif qu'il lui avait offert. L'éclat argenté de la chaîne rehaussait sa robe toute simple.

Gustave ne savait pas comment aborder le sujet crucial de sa découverte. Il ne pouvait bien entendu pas lui révéler ses activités à la S.S.S.S.S.S. Il aurait sans doute pu expliquer qu'il avait trouvé par hasard le journal de l'ancien contremaître. Seulement voilà, en présence de la jeune fille, il perdait tous ses moyens.

Pour occuper le temps, Gustave montra à la jeune fille un système de poulies qu'il avait installé sous la charpente. Il allongea le bras et tira sur une corde. Au bout du câble, un petit panier s'avança. Il contenait une bouteille de vin, deux verres, et une petite collation. Gustave avait concocté un apéritif galant dans les airs. Il s'était inspiré des paniers-repas que les ouvriers d'un chantier se faisaient hisser à l'heure du déjeuner, pour ne pas perdre de temps à descendre, puis remonter le long de l'échafaudage.

Isamberte accepta en souriant un verre de vin coupé d'un peu d'eau. Un silence gêné s'installa. Isamberte n'était pas bavarde, et Gustave avait bien trop peur de dire des bêtises.

Un éclair illumina brutalement la charpente. Un orage devait avoir éclaté un peu plus loin. Isamberte, d'ordinaire si calme, semblait inquiète. Afin de la rassurer, Gustave lui expliqua comment, après avoir vu l'éclair, il fallait compter les secondes qui le séparaient du tonnerre, et diviser par trois, pour savoir à combien de kilomètres l'orage faisait rage. Comme pour illustrer son propos, un nouvel éclair irradia les combles. Mais à peine dissipée l'illumination, le tonnerre éclata aussitôt. Gustave, surpris, se leva. Il fit quelques pas en équilibre sur les poutres, jusqu'à une petite lucarne.

Dehors, un spectacle étonnant l'attendait. Le ciel se couvrait. Un lourd brouillard descendait vers la terre, noir et crépitant. Les variations de charge électrique entre les différentes couches de nuages produisaient d'étranges volutes lumineuses. L'atmosphère semblait plus épaisse qu'à l'ordinaire. Curieux, Gustave ouvrit la lucarne et passa le bras à l'extérieur. Il rentra la main et observa sa paume recouverte de paillettes. L'air était saturé de cristaux de pyroxène, ces fines particules de fer magnétique que rejette un volcan avant d'entrer en éruption. Gustave fronça les sourcils. À sa connaissance, il y avait assez peu de volcans actifs à proximité de Levallois-Perret.

Le jeune homme ne voulait pas alarmer Isamberte. Il revint s'asseoir à côté d'elle, affichant un sourire rassurant. Pour meubler le silence, il pointa la grosse poutre qui se trouvait dans leur dos, et dit :

– Savez-vous que la poutre verticale contre laquelle nous sommes adossés, et qui soutient la charpente, s'appelle une âme ? Une âme de fer ! C'est joli, n'est-ce pas ? Celle-ci est faite de treillis enlacés, si bien que ce n'est pas une âme pleine, mais une âme évidée.

Isamberte suivit son regard, et contempla pensivement cette âme creuse.

– Et puisque nous parlons d'âme…

Gustave rassembla son courage, et déclara :

– Je vous aime.

Isamberte parut troublée. Elle ouvrit et referma plusieurs fois la bouche, comme si elle cherchait ses mots. Elle se leva brusquement, et fit quelques pas sur la charpente. Elle marchait sans la moindre crainte au-dessus du vide.

Gustave la suivait du regard. Les nuages de vapeur entouraient sa robe d'un halo, et masquaient son visage. Sa tête reposait sur une poutre de soutien, posée en diagonale entre l'arbalétrier et l'entrait. Gustave réalisa que la poutre contre laquelle la jeune fille était appuyée s'appelait une contrefiche. Il espéra très fort qu'il ne fallait pas y voir un sous-entendu.

Pour se donner contenance, il fit quelques pas vers elle, et s'appuya d'une main contre une troisième poutre horizontale, qui supportait les chevrons, et qu'on appelait la panne. Isamberte s'approcha à son tour et, devant la mine piteuse de Gustave, ne put s'empêcher de laisser échapper un petit rire étouffé.

– Vous ne me prenez pas au sérieux... Moi qui vous déclare ma flamme !

– J'avoue... j'en ris ! répondit Isamberte avec un sourire espiègle.

Gustave se ressaisit. Il passa sous la ferme, une poutre qui soutenait le faîte du toit, et regarda la jeune fille en face.

– Êtes-vous donc si inhumaine ?

À nouveau, Isamberte perdit son aplomb.

– Je suis sûr que non, continua Gustave. Un cœur bat sous cette cuirasse. Pourquoi le cacher ? Et pourquoi toujours suivre sagement les consignes de votre père, servir le thé, sourire et faire des politesses aux invités ? Vous n'êtes pas comme les autres. Vous valez mieux que cette petite vie étriquée.

Isamberte écoutait, subjuguée.

– Votre père n'est pas celui qu'il paraît, continua Gustave. Vous devriez vous défaire de son emprise. Agir comme bon vous semble. N'aimeriez-vous pas être libre ? Voler de vos propres ailes ? Vous enfuir d'ici ?

Isamberte frissonna, puis avoua, dans un murmure à peine perceptible : « oui ».

Gustave se pencha vers la jeune fille. Le pendentif aimanté qu'il gardait caché sous sa chemise s'agita. Le pendentif d'Isamberte, irrésistiblement attiré, se dressa lui aussi. Les deux pôles opposés des aimants se rejoignirent et s'unirent. La jeune fille sentit sa nuque entraînée par la chaîne de son pendentif. Son visage s'avança malgré elle, et ses lèvres effleurèrent celles de Gustave. Le jeune homme l'embrassa.

Isamberte eut d'abord un léger mouvement de recul, puis se laissa fléchir. Elle rendit à Gustave son baiser. Le jeune homme se sentit transporté. Le courant passait tellement bien entre eux ! Leur amour faisait des étincelles. Puis, soudain, il réalisa que les étincelles n'étaient pas métaphoriques. La charpente métallique était en train de crépiter. L'électricité statique dans la manufacture augmentait. Cette fois, Gustave ne pouvait plus taire son inquiétude. À regret, il s'écarta d'Isamberte.

Il se redressa, décidé à tirer au clair cet étrange phénomène météorologique. Pour qu'Isamberte ne s'inquiète pas, il lui expliqua que l'orage risquait de dérégler les machines. Il irait rapidement vérifier les mécanismes. Pendant ce temps, la jeune fille attendrait dans sa chambre, bien à l'abri.

Gustave conduisit Isamberte dans sa mansarde. L'atmosphère devenait de plus en plus électrique. Isamberte se tordait les doigts, visiblement énervée et mal à l'aise. Gustave jeta un œil à la pièce. Les murs et le sol étaient en bois. La chambre était bien isolée : Isamberte ne craignait rien. Il serra les mains de la jeune fille, lui promit qu'elle était en sûreté et qu'il reviendrait le plus vite possible. Celle-ci lui sourit.

– Je vous en prie, dit-elle, n...

– Ne vous inquiétez pas, coupa Gustave. Ne touchez rien qui soit métallique. Éloignez-vous du poêle et de la fenêtre. Et promettez-moi de ne pas bouger d'ici.

– Oui.

Gustave attrapa son transtexteur, et sortit.

Il descendit un étage et rejoignit la passerelle. Il vérifia la porte du bureau du directeur. Elle était fermée à clé. La vapeur s'était dissipée, laissant apercevoir la salle des machines.

Le tonnerre retentit. La foudre tomba sur le toit de la manufacture. Les fondations en fer vibrèrent sous le passage du courant. Des escarbilles jaillirent des machines. Au même moment, les yeux de certains ouvriers s'illuminèrent d'une lueur rougeoyante. Gustave crut avoir la berlue. Pétrifié, il vit ces manœuvres quitter leur poste, et, avec des mouvements saccadés incontrôlables, se mettre à frapper l'air autour d'eux. Leur regard était allumé d'un feu malsain. Les camarades qui n'étaient pas affectés par la foudre les regardaient faire avec étonnement, sans comprendre quelle mouche les avait piqués.

Un de ces ouvriers fous se mit à riveter au hasard, partout autour de lui, à une vitesse folle. Son collègue voulut l'arrêter. Gustave eut l'impression que la scène se déroulait au ralenti. Sans une hésitation, l'ouvrier fou planta deux rivets dans les yeux de son camarade. Ce dernier s'affaissa, mort sur le coup.

Un vent de panique souffla sur la manufacture. Gustave dégagea le transtexteur qu'il portait en bandoulière. Le boîtier émit un grésillement inquiétant. Avec la tempête, les communications électriques avaient été grillées. L'appareil ne fonctionnait plus. Le jeune homme était livré à lui-même.

Un ouvrier fou grimpa l'escalier et s'avança, une clé en main, boulonnant l'air devant lui. Gustave se mit en position de combat. Avec des réflexes qu'il ne se savait pas avoir, il plongea et tenta un premier uppercut. À peine sa main eut-elle effleuré le flanc de l'ouvrier, qu'il eut le réflexe de la retirer aussitôt : un courant électrique avait douloureusement traversé ses doigts. Voilà bien autre chose !

Gustave recula le long de la balustrade. Il déchira les manches de sa chemise et s'en enrubanna les mains, espérant que ces linges formeraient une protection suffisante contre les courants électriques. Une barre de fer avait été oubliée sur la passerelle. Le jeune homme s'en saisit. L'ouvrier fou s'approchait. Gustave esquissa un premier coup de clé.

Il observa son adversaire. Les gestes de l'ouvrier étaient millimétrés. Il répétait mécaniquement le même mouvement. Au premier intervalle entre deux coups de clé, Gustave se fendit et frappa. Il donna un coup latéral en plein dans la poitrine de l'ouvrier fou.

Cette solide torgnole aurait dû lui enfoncer le plexus et le projeter en arrière. L'ouvrier ne recula pas d'un pouce. En heurtant la peau, la barre de fer rendit un son mat, puis plia. Gustave, incrédule, contempla son arme de fortune, qui faisait désormais un coude.

Il se replaça en garde et, cette fois, embrocha la pointe de la barre dans la poitrine de son adversaire. Le bout creva la peau. Gustave entendit un son métallique. Il força. Enfin, l'ouvrier s'écroula, terrassé. Surmontant son dégoût, Gustave s'agenouilla près du cadavre et souleva un pan de peau. Sous l'épiderme, il distingua une plaque de fer.

Gustave devait se rendre à l'évidence. Les ouvriers qui avaient servi de cobayes au directeur venaient de perdre la raison. Le jeune homme ignorait les causes de ce dérèglement chez les hommes de fer. Mais le moment n'était pas à la réflexion.

Gustave regarda autour de lui. Par un malheureux hasard, ce drame survenait pendant la relève. L'ensemble des effectifs était présent dans les murs : les ouvriers de l'équipe de nuit venaient prendre le tour de leurs camarades qui avaient travaillé tout le jour. Heureusement, Gustave ne voyait pas d'enfants : ils étaient toujours les premiers à filer. Ils couraient sur leurs petites jambes, se bousculant jusque dans les rues du village, tandis que les adultes, eux, redressaient leur dos courbaturé, frottaient leurs reins raidis, et quittaient les lieux d'un pas pesant. À cet instant, il y avait dans la manufacture près de quarante-cinq manœuvres. Gustave compta les hommes aux yeux rougeoyants, surpris de leur nombre : plus de la moitié étaient des hommes de fer.

Ces derniers semblaient vidés de leur humanité. Un seul but les animait : faire leur travail le plus vite possible. Ils reproduisaient aveuglément leur gestuelle quotidienne. Le premier quidam qui passerait entre leurs mains serait aussitôt découpé, poncé et plongé dans le métal bouillant, d'où il ressortirait sous la forme d'un boulon. Infatigables, certains de ces ouvriers fous avaient déjà cloué des bardeaux de fer sur la porte d'entrée : impossible de s'échapper de la manufacture.

Il fallait se replier. Les ouvriers sains d'esprit, paniqués, étaient éparpillés dans la salle, trop loin de l'escalier pour rallier sans risques le bureau. Parmi eux se trouvaient le père Malloy et la Malloise.

Gustave sonna la cloche. Le chef d'atelier et son équipe tournèrent la tête dans sa direction. Le contremaître hurla : « Repliez-vous tous vers le générateur central, derrière la grosse Rosa ! ». Il descendit l'escalier pour les rejoindre. En bas, un ouvrier fou jouait du marteau, frappant des clous imaginaires. Aussi vif qu'une turbine, Gustave lui fila entre les jambes.

Le père Malloy parvint à culbuter un manœuvre qui s'approchait de lui, menaçant. En tombant, l'homme de fer renversa un seau. L'eau éclaboussa son torse. Il se releva. Sur sa peau mouillée, le courant électrique traversait les canaux sudoripares et jaillissait autour de son buste. L'homme émettait des éclairs.

Gustave pâlit. Il ne devait pas rester sur terre, ou il recevrait une décharge électrique. Il sauta sur un banc en bois. L'homme électrique s'approcha de lui.

Il lança vers Gustave un poing crépitant, aussi lourd qu'un maillet. Gustave l'évita de justesse et bondit sur une palette. Il regarda autour de lui. L'air était humide. Les décharges traversaient l'atmosphère. Tout le monde risquait de finir électrocuté.

– Attrapez des feuillards d'acier ! hurla-t-il aux ouvriers.

Dans un coin de la manufacture étaient entreposées des plaques d'acier percées de petits trous. Le père Malloy et sa troupe se saisirent chacun d'une feuille de métal.

L'homme électrique lança une nouvelle estocade. Gustave l'esquissa, battit des mains dans le vide, manqua de tomber sur le sol, et atterrit à la dernière minute sur une caisse de bois. La caisse, posée verticalement, brandilla. Gustave ajusta son équilibre et parvint à ne pas tomber.

– Boulonnez les plaques ensemble, de manière à former une cage ! continua Gustave.

Le père Malloy dirigea les ouvriers, qui se mirent aussitôt au travail. L'homme électrique, inlassable, frappa de nouveau. Sa pogne vola à quelques millimètres du crâne de Gustave. Ce dernier sauta sur une échelle, qui bascula en avant, et dont un bout se posa au bord d'un bassin.

– La cage doit être reliée à la terre. Fermez-la, puis tenez-vous à l'intérieur ! cria le contremaître.

Gustave courut sur l'échelle, posée à plat au-dessus du sol. Il parvint au bord du bassin rempli d'eau et sauta sur le muret. Il avait de la chance, le rebord en pierre n'était pas humide.

L'homme de fer continuait à lancer son bras en avant tout en générant des éclairs. Il fit un faux pas et bascula dans le bassin, où son corps se mit à tressauter, violemment agité par les courants. L'eau luisait, traversée d'éclairs lumineux. Gustave courut le long du rebord de pierre. La grosse Rosa était en vue. Les ouvriers finissaient de sceller la cage. Celle-ci formait une protection contre les courants électriques. Les hommes à l'intérieur étaient bien protégés. Gustave, lui aussi, serait bientôt à l'abri.

À ce moment-là, l'homme de fer, dans un dernier sursaut, jaillit hors de l'eau. Une éclaboussure toucha les jambes de Gustave, qui sentit le courant lui raidir les mollets. Il bascula en arrière dans le bassin, en plein dans l'eau frémissante d'électricité.

Alliage du chapitre 10

50 % de fonte,
50 % de combats périlleux

Gustave se sentit tomber. L'ouvrier électrique était juste en dessous. Avant que Gustave ne touche la surface de l'eau, l'ouvrier lui donna un violent coup dans le dos, si puissant que le jeune homme fut éjecté en avant. Il s'affala à terre, incapable de se relever. La Malloise ouvrit la cage dans laquelle tous s'étaient réfugiés, courut vers le contremaître et, aidée de Peinchebec, le traîna à l'abri.

Gustave resta prostré. Le courant électrique avait paralysé ses jambes et comprimé sa cage thoracique. Il lui fallut de longues minutes avant de pouvoir à nouveau bouger et respirer normalement. Péniblement, il parvint à s'asseoir. Dans son dos, un élancement le vrillait au moindre mouvement. Mais rien ne semblait cassé. Sa colonne vertébrale n'avait pas été touchée.

La cage était petite. Une douzaine de manœuvres s'y tassaient. Elle les protégeait des courants électriques, mais ils ne pourraient pas rester là éternellement. Les ouvriers le regardaient, attendant ses ordres. Gustave prit une inspiration et se redressa.

– Qui a des gants ? demanda-t-il.

Quelques-uns levèrent leur main gantée. Gustave les répartit en groupes.

– La porte d'entrée a été barricadée, et je ne suis pas sûr que nous arriverions entiers jusque-là de toute manière, dit-il. Nous allons donc nous enfermer dans mon bureau. Nous grimperons le long du générateur central pour, de là, nous hisser sur la passerelle. Nous utiliserons l'échelle qui est au pied du bassin.

Gustave marqua une pause.

– Ne vous déplacez que par groupe de deux, continua-t-il. Armez-vous d'un caffut ou d'un marteau. Observez vos adversaires : ils répètent toujours le même mouvement. À la première ouverture, vous foncez. Celui qui a des gants frappe, l'autre le couvre. Est-ce clair ?

Les ouvriers, impressionnés, suivirent Gustave sans hésitation.

Dehors, Gustave attrapa une barre en acier, et prit la tête du cortège. Le père Malloy avait pour coéquipière sa sœur, la Malloise, à qui il avait donné sa paire de gants. Un ouvrier fou surgit devant eux. Gustave chargea, sans parvenir à le désarçonner. Derrière lui, son équipe tentait maladroitement de se défendre. Peinchebec, armé de deux tisonniers, se rua vaillamment. Il trébucha, déquilla et se retrouva à terre, les deux fers en l'air. Malgré la douleur, Gustave redoubla de vitesse et réussit à embrocher l'ouvrier qui les attaquait.

Tandis qu'il croisait le fer, la Malloise empoigna l'échelle. Le petit groupe se replia vers le générateur central. Le père Malloy maintint l'échelle appuyée et les ouvriers commencèrent à grimper.

Gustave surveillait l'approche de l'ennemi, tout en vérifiant, du coin de l'œil, que tout le monde était en sûreté. Un l'homme de fer surgit dans son dos. Gustave eut l'intuition du danger, mais se retourna trop tard. Au moment où il allait être taillé à la scie, le père Malloy s'interposa. Il stoppa la lame à mains nues, puis attrapa l'ouvrier fou par le cou. Son bras trembla sous la décharge de courant électrique, mais ne lâcha pas prise. Il souleva l'homme de fer au-dessus du sol et l'envoya valdinguer.

Gustave saisit le poignet du chef d'atelier, certain qu'il devait avoir la paume coupée en deux. Sous la peau, il vit luire le reflet argenté du fer. Le jeune homme n'y comprenait plus rien. Mais il n'avait pas le temps de discuter. Le père Malloy lui fit signe de grimper à l'échelle.

Quand tout le monde fut en haut du dôme, le chef d'atelier tira l'échelle et l'appuya contre la passerelle. Les hommes escaladèrent un par un, puis coururent jusqu'au bureau de Gustave. Là, ils se barricadèrent en poussant la table de chêne devant la porte.

Quand il fut certain d'être à l'abri, Gustave se laissa tomber le long d'un mur. Il se sentait complètement dépassé par les événements. Son équipe n'était pas en meilleure forme. Hébétés, ils restaient là, attendant ses consignes. Ils étaient un peu à l'étroit, serrés dans le petit bureau de Gustave.

Finalement, le jeune homme retrouva ses esprits. Il était seul maître à bord. Il devait guider ses hommes et sauver Isamberte. Il se releva, prêt à passer à l'action.

Il apostropha le père Malloy, resté en retrait, et réclama des explications. Comme celui-ci baissait les yeux, muet, Gustave, au bord de l'exaspération, se tourna vers Peinchebec. Peinchebec était le larron qui avait une plaque de fer sous le crâne, et s'amusait à la faire sonner en toute occasion. Avec emportement, Gustave lui demanda s'il avait l'intention, lui aussi, d'assassiner tous ses collègues. Peinchebec ouvrit de grands yeux. La voix tremblante, il se mit à répéter qu'il ne pigeait rien à ce qu'il se passait.

Alors que d'autres ouvriers tournaient vers Peinchebec des regards soupçonneux, la Malloise intervint.

– Laissez-le donc tranquille. Je peux vous expliquer. C'est vrai. Il y a des hommes de fer dans la manufacture. Pour en faire partie, il faut être dans la confidence du directeur.

Gustave la regarda avec étonnement.

– Moi, j'ai des informateurs partout, j'ai appris le secret, continua-t-elle. Et j'ai voulu passer sur le billard. J'ai parlé au directeur. Il a accepté. Tout était prêt.

– Mais pourquoi ? demanda Gustave, qui ne comprenait pas qu'on puisse volontairement s'offrir au scalpel de M. Aldinni.

La Malloise releva fièrement la tête.

– D'abord, parce que les hommes de fer, on le sait, deviennent très forts. Ils ne fatiguent pas, ils ne se lassent jamais. Ils ne terminent pas leur journée épuisés. Je ne vois pas pourquoi, moi aussi, je ne pourrais pas devenir la première femme de fer.

La Malloise jeta un œil coupable vers son frère.

– Et puis… puisqu'on en est aux confidences… parce que j'avais besoin d'argent. Le directeur paye un bon prix les ouvriers qui acceptent de subir l'opération. Je dois du fric à presque tout le monde dans la manufacture. J'ai eu la main malheureuse au jeu, ces derniers temps. J'ai cru que j'allais me refaire. Et puis non. Et les dettes se sont empilées.

– Mais alors… vous avez été opérée ? demanda Gustave.

– Non, dit la Malloise. À la dernière minute, j'ai eu peur, et je me suis débinée. Mais personne n'a le droit d'être dans le secret sans passer sur le billard, c'est la règle. Alors, je me suis retrouvée en mauvaise posture. Le résultat, c'est que mon frangin m'a tirée de là.

La voix de la Malloise se brisa, et elle conclut dans un sanglot :

– Il a convaincu le directeur de me remplacer. Il a subi l'opération. Et contre aucune compensation.

Les manœuvres s'éloignèrent du chef d'atelier. Allait-il, lui aussi, devenir fou de rage ? Le père Malloy leva les mains en signe d'apaisement. Il avait bandé sa paume pour cacher le métal.

– Mon opération ne date que de quelques semaines, dit-il. Les autres, là-bas, en train de se détraquer, ils ont été opérés il y a des mois de ça. Je pense que mon corps n'a pas absorbé le métal. Les courants électriques ne m'ont pas encore grillé le cerveau. Ne vous inquiétez pas. Si je sens que je perds le contrôle, je vous le dirai. Et alors, il faudra aussitôt me tuer. Sans hésiter.

Son ton était sans concession. Tout le monde se sentit ému. La Malloise fondit en larmes. Quelqu'un maudit tout bas le directeur.

Le père Malloy serra les poings et, dans un mouvement de rage impuissante, frappa contre le mur. Il donna juste un petit coup, pour évacuer sa colère. Mais il ne maîtrisait pas encore sa force toute nouvelle, et creusa dans la brique un trou gros comme un melon.

Par l'ouverture, on aperçut M. Aldinni. Ce dernier était terré dans un coin de son bureau. Sans un mot, le père Malloy, à petits coups précis, acheva de percer dans le mur un espace suffisant pour rejoindre la pièce attenante.

Le directeur se crut attaqué. Il pointa l'arme qu'il gardait serrée contre lui et tira sur le père Malloy, dans l'espoir de lui mettre un peu de plomb dans la cervelle. Sa main tremblante visa trop bas, et le plomb pénétra dans l'abdomen du chef d'atelier. L'impact le fit à peine reculer. Sur son torse, un filet de sang coula et s'arrêta. Dans l'interstice où la balle l'avait dardé, brilla l'éclat du fer. Impassible, le chef d'atelier continua à avancer. Gustave craignit qu'il ne commette un acte irréparable. Il s'interposa. Il désarma le directeur, qui tremblait comme une feuille de métal.

M. Aldinni, les yeux effarés, se trouva bientôt encerclé. Devant lui se tenait le père Malloy, les bras croisés sur sa poitrine ensanglantée, Gustave, pistolet en main, et une douzaine d'ouvriers aux mines peu avenantes. Le contremaître ordonna :

– Expliquez-vous.

Le directeur n'avait d'autre choix que de passer aux aveux. Il raconta tout. L'industrialisation était l'avenir du pays. Il avait eu une idée simple, brillante. La machine était inusable et infatigable. Elle avait la puissance, mais pas l'intelligence. L'humain était capable d'effectuer des tâches complexes, mais il était fragile et peu obéissant. Pourquoi, alors, ne pas combiner les deux ? Avec ses hommes de fer, le progrès était en marche.

Les expériences avaient été longues. Il avait commencé ses recherches il y a des années. Ses connaissances en mécanique et sa passion des automates lui avaient été fort utiles. Maintenant, l'opération était au point.

– Au point ? s'exclama Gustave. Parlez-nous des conséquences pour le cerveau.

– Je reconnais que le cortex cuit peu à peu, finit par admettre le directeur. Les manœuvres, au bout de plusieurs mois, n'ont plus de volonté propre. Et après ? Ce sont non seulement des ouvriers modèles, mais aussi de bons époux et pères de famille. Ils ne boivent pas, ne jouent pas, ne causent jamais de souci. Le dimanche, il suffit de leur demander d'aller à la messe, ou de jardiner, et ils s'exécutent. Le reste du temps, si on ne leur donne pas d'ordres, ils restent tranquillement assis les yeux dans le vide. Croyez-moi, avec plus d'hommes comme cela, notre société ne se porterait pas plus mal.

Gustave passa une main sur son front, s'efforçant de garder son calme. Il devait donner l'exemple.

– Quand j'ai consulté les registres, j'ai vu que certains ouvriers avaient disparu, reprit-il. Que leur est-il arrivé ?

Le directeur haussa les épaules.

– La science est un parcours semé d'embûches... Les premières opérations que j'ai conduites n'ont pas toujours été couronnées de succès, surtout au début.

Gustave se rappela que, dans son journal, le contremaître avait expliqué que l'opération ne marchait que lorsqu'elle était menée à l'intérieur du générateur central. Ce passage l'avait étonné. Cet espace étouffant, sombre et bruyant, n'était ni confortable ni sanitaire.

– Pourquoi avoir conduit les opérations à l'intérieur du générateur central ?

Le directeur sursauta. Il était surpris que le jeune homme en sache tant. Il lança un regard perçant à Gustave, comme pour évaluer ce que ce dernier avait deviné de ses secrets.

– Je l'ignore, dit-il. J'ai constaté que l'opération était toujours un succès si les manipulations les plus délicates avaient lieu à cet endroit. Peut-être que l'air y est chargé de particules magnétiques. Ou alors, la température ambiante joue…

Gustave devina qu'il mentait, mais il n'avait pas le temps de mener un interrogatoire plus poussé. Pour l'heure, il fallait remédier à la situation catastrophique dans laquelle ils étaient embourbés.

– Pourquoi les hommes de fer se sont-ils déréglés aujourd'hui ? Y a-t-il un moyen de les calmer ?

Cette fois, le directeur sembla réellement dépourvu. Il ne comprenait pas ce qui s'était passé dans sa manufacture, et ne savait comment reprendre les choses en main.

– Et le précédent contremaître ? demanda finalement Gustave. Que lui est-il arrivé ?

– Sur lui, l'opération a parfaitement réussi… Et pourtant il venait sans cesse m'ennuyer avec des considérations sur ses facultés intellectuelles qui diminuaient. Il disait qu'il n'arrivait plus à penser par lui-même. Il me harcelait jusque chez moi… Il a fini par avoir un accident. Il a malencontreusement chuté depuis la passerelle. Il est tombé à l'intérieur du générateur central, directement dans les engrenages, et son corps a été broyé.

Gustave frémit d'indignation. L'ancien contremaître avait sans doute mis fin à ses jours. Peut-être même que le directeur l'avait un peu aidé, en le poussant dans la machine. Gustave réalisa à quel point M. Aldinni était fou, bien plus profondément que les hommes de fer qui s'agitaient là-bas, dans la salle des machines. N'y tenant plus, le jeune homme s'exclama :

– Vous êtes un monstre ! À cause de vous, ce soir, des innocents sont morts. Nous sommes tous coincés ici. Est-ce que vous réalisez votre folie ? Et ce n'est pas tout. Savez-vous qui est également en danger ? Votre fille. Elle est ici. Dans la manufacture.

Le directeur regarda Gustave avec étonnement, puis son visage se contracta. Soudain, il éclata de rire. Gustave conclut qu'il avait totalement perdu la raison.

Il devait agir vite pour sauver Isamberte. Il leva les yeux au plafond. Il n'avait jamais pris le temps de reclouer la planche qu'il avait sciée pour pénétrer dans l'atelier. Gustave demanda donc au père Malloy de faire un second trou dans le mur adjacent, cette fois pour se rendre dans l'atelier de M. Aldinni. Les locaux de la manufacture commençaient à ressembler à du gruyère.

Dans l'atelier, il enjamba les morceaux d'automates, que les ouvriers, depuis le bureau, épiaient d'un air méfiant. Il sauta sur une table, leva les bras vers le plafond, fit coulisser la planche sciée, et se hissa dans sa chambre.

La pièce était ravagée. Le lit était retourné, le pichet d'eau brisé, les livres déchirés. La porte d'entrée pendait hors de ses gonds, défoncée. Gustave sentit l'angoisse lui ceindre les entrailles. Sans un bruit, il grimpa sur la charpente, espérant que la jeune fille avait eu le temps de s'y cacher. Elle n'était nulle part en vue.

Il redescendit jusqu'à la passerelle. De là, il examina la salle des machines, où du moins ce qu'il pouvait en voir entre deux nuages de vapeur. Soudain, tout s'éteignit. L'éclairage au gaz avait été coupé, ou cassé. On n'apercevait plus, de temps à autre, que l'éclat incandescent des yeux des hommes de fer. Ces derniers continuaient à cingler, ébarber, scier, clouer. Ils n'avaient pas besoin de voir.

Gustave fit un pas, mais posa maladroitement le pied sur un tuyau, qu'il envoya rouler devant lui. Plusieurs hommes de fer tournèrent la tête en direction du tintement métallique, et se rapprochèrent. Ils réagissaient au bruit. Dans le noir complet, affronter les ouvriers fous relevait du suicide.

Gustave prit une décision difficile. Il attendrait le lever du jour. Isamberte connaissait parfaitement la manufacture. Il ne perdait pas espoir de la retrouver vivante, tapie dans un recoin de la salle des machines. Gustave retourna dans l'atelier et présenta le résultat de son expédition. On termina de se barricader, en bloquant la porte de l'atelier et le trou dans le plafond.

Puis chacun s'assit pour se reposer. Gustave assigna des tours de garde, et tenta lui aussi de reprendre des forces. Tout son corps était endolori. L'ambiance était sombre.

*

Enfin, à la pointe du jour, dès qu'il fit suffisamment clair, Gustave se leva, résolu à reprendre le contrôle de la manufacture. L'orage s'était arrêté. Il enfila des gants et attrapa une barre de fer. Alors qu'il s'apprêtait à sortir, le père Malloy, la Malloise et Peinchebec se levèrent à leur tour.

– On vous accompagne, expliqua le chef d'atelier.

– Non, répliqua Gustave.

Contrairement aux ouvriers, Gustave avait été entraîné pour faire face à des situations dangereuses. Il avait accepté sa mission en connaissance de cause.

– Je vais répéter simplement, dit le père Malloy. Une fois que vous aurez franchi cette porte, qu'est-ce qui nous empêchera de vous suivre ? Alors, simplifiez-nous la tâche, et dites-nous ce que nous devons faire pour vous aider. Vous n'y arriverez pas seul. Et je ne sais pas si vous avez remarqué, mais je suis assez costaud.

– Et ne croyez pas que je sois en reste, ajouta la Malloise en contractant ses biceps.

Peinchebec fit sonner sa caboche :

– Et moi, j'en ai vu d'autres, dit-il.

Gustave hocha la tête.

– Bien, dit-il. Ceux qui restent surveillent le directeur pour qu'il ne s'échappe pas. Nous vous laissons le pistolet au cas où. L'arme est inefficace contre les hommes de fer, nous n'en aurons donc pas besoin.

Gustave se tourna vers son équipe.

– J'ai l'impression que les ouvriers se dirigent au bruit, mais qu'ils ne voient rien. Notre plan est donc simple : on balise la salle des machines. Normalement, si nous nous déplaçons silencieusement, nous devrions passer devant eux sans être attaqués. Nous cherchons deux choses : Isamberte, et une porte de sortie.

La petite bande fit signe qu'elle avait compris les consignes. On débarricada la porte.

Gustave tourna la poignée. Avant d'ouvrir, il se tourna vers ses hommes. Les ouvriers qui restaient dans l'atelier ôtèrent leurs casquettes, et l'un d'eux déclara :

– Vous alors, vous savez, vous avez un sacré a*plomb*.

Il souligna son mauvais calembour d'un clin d'œil accentué, et tout le monde sourit. Gustave était tellement ému qu'il resta un instant planté là, sans savoir que dire. Il se ressaisit, et les salua gravement. Il aurait aimé répondre avec un terrible jeu de mots, mais sa gorge était nouée, rien ne lui venait. Alors il sortit, ses compagnons à sa suite.

Dans la salle des machines, un paysage fantasmagorique avait poussé pendant la nuit. Les hommes de fer avaient travaillé sans discontinuer, fabriquant des piles et des piles de pièces métalliques. Celles-ci s'amoncelaient en dunes de fer tout autour des machines. Gustave se demanda comment ils allaient sortir des lieux, maintenant que des montagnes de ferraille recouvraient les murs.

Malgré tout, il devait y avoir une solution. Le jeune homme s'engagea dans l'escalier. Au rez-de-chaussée, le spectacle était plus impressionnant encore. Les monticules métalliques dépassaient la taille d'un homme. Il régnait un étrange silence dans ce lieu d'ordinaire si bruyant. Beaucoup d'ouvriers travaillaient à mains nues. Leurs paumes malaxant le métal résonnaient d'un son mat. Même les machines ronronnaient plus bas qu'à leur habitude.

Ils s'avancèrent sans un bruit et contournèrent un premier homme de fer. La théorie de Gustave se confirmait : l'homme ne les vit pas et continua à travailler comme si de rien n'était. Il semblait surréel de pouvoir frôler de si près l'ennemi sans être attaqué. Le groupe continua sa progression, en regardant bien où il mettait les pieds.

Tout à coup le père Malloy, en contournant un amas, heurta du coin de l'épaule un tuyau de cuivre qui dépassait. Gustave était juste devant lui. Il eut, il ne sut comment, l'intuition de la chute et le réflexe de se retourner et attraper le tuyau. Celui-ci était gros et lourd. Gustave le retint du bout des doigts, et manqua de se démettre le poignet. Le père Malloy vint à sa rescousse. Il lui soutint le bras d'une main, de l'autre saisit à son tour le tuyau.

Une poignée de grosses vis choisirent cet instant pour dégringoler à leur tour. La Malloise les attrapa toutes au vol. Avec mille précautions pour ne pas faire de bruit, le chef d'atelier déposa le tuyau au sol. La Malloise laissa tomber les vis dans un seau de cendres. Ils se regardèrent, heureux d'avoir échappé au danger, et s'adressèrent un « bien joué » muet. Gustave, d'un geste, les encouragea à poursuivre leur exploration le plus silencieusement possible.

À ce moment-là, une énorme déflagration, à vous faire perdre l'audition, ébranla la manufacture. Des bouts de ferraille fusèrent autour d'eux. Gustave et son équipe eurent tout juste le temps de s'abriter derrière une pile de métal.

Quand la fumée fut dissipée, Gustave osa jeter un œil hors de leur abri. Les hommes de fer étaient tous debout, même si certains avaient un clou ou une esquille métallique fichés dans le corps. Leurs yeux étaient allumés d'une lueur mauvaise. Ils se dirigeaient en direction du bruit. Une coulée de lumière vive s'engouffrait dans la manufacture, jusqu'alors plongée dans la pénombre du petit matin. Un pan entier du mur ouest venait de s'écrouler.

Au-dessus des gravats, à l'entrée de la brèche, Gustave distingua deux silhouettes à contre-jour. Elles mirent un pied à l'intérieur de la manufacture. Le cœur de Gustave bondit de joie.

Alfred brandissait un petit bâton rouge. Gustave devina que c'était son ami qui venait de faire sauter le mur. Il était accompagné de Galvanier. Le vieillard avait remplacé son crochet par un poignard. Il se tenait campé du mieux qu'il pouvait sur ses jambes flageolantes, prêt au combat.

Les hommes de fer les attaquèrent. Alfred sortit un pistolet, visa, et tira. L'homme le plus proche encaissa la balle et continua à avancer. Gustave et son équipe, au loin, leur firent de grands signes. Gustave leur cria de fuir, mais il était trop loin pour être entendu.

Alfred recula, étonné et inquiet.

– Restez ici, cria-t-il à Galvanier. Protégez l'entrée et ne laissez aucun homme s'échapper dehors ! Il ne faut pas qu'ils atteignent le village.

Galvanier se plaça à l'orée du trou, ses bras maigres tendus devant lui. Alfred rangea son pistolet et évalua leur situation.

Quand Galvanier avait déboulé dans les locaux de la S.S.S.S.S.S., à l'aube, clamant à qui voulait l'entendre qu'aujourd'hui était le jour de renaissance du phénix, Alfred avait pensé que le vieillard faisait une nouvelle crise de démence.

Le vieil agent s'était obstiné, et Alfred avait commencé à s'inquiéter. Il se sentait un peu coupable : par deux fois, son ami lui avait parlé d'une présence surnaturelle dans le générateur. Avec son scepticisme habituel, Alfred avait un peu vite écarté ce qui n'était qu'un vague ressenti. Le rapport envoyé par Gustave n'était pas encore arrivé, aussi était-il sans nouvelles depuis plus d'une dizaine de jours. Par scrupule, Alfred avait donc décidé de pousser jusqu'à la manufacture, vérifier que tout allait bien. Galvanier avait tenu à l'accompagner.

Ils avaient trouvé le bâtiment fermé. Sur la place du village, les familles des manœuvres se concertaient pour aller prévenir la police. Alfred avait constaté que son transtexteur ne marchait pas, toutes les ondes électriques étant brouillées. Lui et Galvanier avaient envisagé de revenir jusqu'à Paris chercher des secours, mais ils avaient eu peur de perdre trop de temps. Ils étaient donc aussitôt intervenus.

Alfred avait du mal à comprendre le spectacle qui s'étendait devant ses yeux. La manufacture croulait sous les pièces de ferraille. Des hommes aux yeux rougeoyants, apparemment invincibles, approchaient d'un air menaçant.

Il sortit un nouveau bâtonnet de sa sacoche. Par chance, il était venu légèrement armé. Il prit son briquet et alluma la mèche. Il lança l'explosif sur un des ouvriers, mais manqua sa cible. La détonation retentit à quelques centimètres de l'ennemi. Une partie de son épiderme fut arrachée par la déflagration. À la place de la déchirure, un torse et un bras de fer apparurent. L'homme ainsi mutilé continua d'avancer.

Gustave et son équipe coururent en renfort, brandissant leurs tisonniers.

– Grand Dieu, Eiffel, que se passe-t-il donc ici ? demanda Alfred.

En quelques mots, Gustave fit le point sur leur situation. Il conclut avec courtoisie :

– Je vois que vous avez réussi à stabiliser la nitroglycérine. Ces petits bâtons sont remarquables.

Il s'élança avec sa barre de fer, visant le torse métallique de l'ouvrier, qui avait été édenté par l'explosion. Il parvint à cabosser le métal en plusieurs endroits. L'homme de fer, tout déformé, s'écroula.

– Merci bien, répondit Nobel.

Il était impressionné par le calme de son ami, qui supervisait son équipe d'un œil expert. Pour ne pas être en reste, il poursuivit de l'air le plus naturel du monde :

– Je les appelle « dynamite », du grec *dynamos*, la puissance. J'ai enfin trouvé l'absorbant idéal.

Il jeta un second bâton au pied d'un tas de ferraille. L'explosion déclencha un éboulement de ferraille. Un homme de fer à proximité se trouva enseveli sous les décombres.

– Je mélange la nitroglycérine à une poudre fossile de diatomées, le Kieselguhr, continua Alfred. Puis je moule les bâtonnets autour d'une mèche, et le tour est joué.

– Bravo ! le félicita Gustave en frappant un nouvel adversaire qui approchait de trop près.

Avec Alfred à ses côtés, le jeune homme avait repris confiance.

Cependant les hommes de fer étaient encore nombreux, et ses bras faiblissaient. En se fendant pour la énième fois, la fatigue le fit tituber sur des tuyaux de laiton dorés. Il roula sur l'or, avant d'atterrir sur les fesses. Il eut tout juste le temps de se relever, pour éviter de peu un coup de maillet.

Un homme de fer approchait de Galvanier. Courageusement, le vieillard se jeta sur lui. De sa main-poignard, il parvint à larder son adversaire. L'ouvrier, gravement blessé, ralentit ses mouvements. Malheureusement, la lame de Galvanier resta fichée dans les entrailles métalliques de l'ennemi, comme un harpon. Le vieillard se retrouva ballotté par l'homme de fer. L'ouvrier continuait à marteler l'air au ralenti, traînant Galvanier comme un poids mort accroché à son ventre. Enfin, en arc-boutant ses jambes, l'ancien agent parvint à se libérer. L'homme de fer ralentit tout à fait et s'arrêta. Le vieillard se releva péniblement et adressa un signe d'encouragement à Gustave, en levant le pouce de sa main valide. Il souriait encore benoîtement lorsqu'un second homme de fer s'approcha par-derrière et l'assomma d'un coup de maillet.

La Malloise et Peinchebec s'étaient repliés derrière une pile de ferraille. Seul le père Malloy continuait à se battre sans se lasser, mais il était dépassé par le nombre d'adversaires. La bataille ne tournait pas à leur avantage.

Gustave réfléchissait à toute vitesse. L'air était encore chargé en électricité. La cage qu'il avait fabriquée continuait à attirer les courants électriques qui saturaient la manufacture. Il cria au père Malloy :

– Attrapez un linteau de fer ! Le plus épais que vous pouvez soulever.

Et à la Malloise :

– Trouvez du gros fil métallique.

Il les rejoignit, et leur montra comment enrouler le fil autour de la poutre, de façon à ce que chaque tour touche le précédent. Pendant que Gustave et Alfred repoussaient tant bien que mal les hommes de fer, les Malloy recouvrirent tout le piquet, en laissant dépasser un fil à chaque bout.

Alfred, en les regardant faire, comprit :

– Vous allez fabriquer un électro-aimant ! s'exclama-t-il.

Gustave sourit.

– Vous avez tout compris, Nobel !

Il expliqua son plan : on dresserait la poutre verticalement en grimpant sur l'échelle, qui était toujours appuyée contre le générateur central. Des deux bouts de la poutre partait un gros fil métallique. Si on reliait chaque fil à la cage, l'énorme piquet se chargerait en électricité. Il deviendrait aimanté. Or, un aimant de cette taille, haut d'au moins deux mètres, attirerait irrésistiblement tous les hommes de fer. Ces derniers seraient prisonniers du champ électromagnétique. Mais l'opération était dangereuse : la personne qui accrocherait les fils devrait être attentive à ne pas s'électrocuter.

Le père Malloy décréta qu'il pourrait survivre à une décharge : il se chargerait d'installer le piquet. Tout le monde courut à son poste. Le chef d'atelier se mit au travail. Alors que la Malloise maintenait l'échelle, un ouvrier fou se faufila jusqu'à elle. Peinchebec s'interposa et se fit assommer.

Gustave hurla au père Malloy de fixer l'aimant : c'était le plus sûr moyen de sauver tout le monde. Mais le chef d'atelier, voyant sa sœur en danger, lâcha le piquet. L'ouvrier fou avait soulevé une enclume, qu'il lança sur la Malloise. Le père Malloy eut tout juste le temps de prendre sa sœur dans ses bras, faisant de son dos un rempart. L'enclume lui emboutit violemment la colonne vertébrale. Il eut encore la force de se relever, le buste atrocement déformé. Puis son cœur lâcha et il s'affaissa, mort.

La Malloise, abêtie de douleur, ne trouva pas la force de résister, quand l'homme de fer l'empoigna. Ce dernier la plaqua sur un panneau de fer et lui riveta les paumes. Prisonnière, les mains en sang, la Malloise s'évanouit.

Se faufilant entre les hommes de fer, Gustave courut vers l'aimant pour l'activer. C'était leur dernière chance. Il grimpa sur l'échelle le long du générateur central, soulevant tant bien que mal le lourd piquet. Alfred, non loin, le couvrait. Il était à court de dynamite. Faute de mieux, il ressortit son pistolet. Il tira sur l'homme de fer qui s'approchait, sachant bien que la manœuvre était vaine, mais espérant qu'en visant toujours au même endroit, il finirait par percer la carapace de métal. L'homme continua à avancer. Il lança son poing sur Alfred. Le jeune homme reçut une décharge électrique qui le laissa complètement sonné.

Tout le monde était à terre, sauf Gustave. L'homme de fer ramassa machinalement le pistolet qu'Alfred venait de lâcher. Le tenant comme il l'aurait fait d'un outil, il le pointa vers le jeune contremaître. Ce dernier était en équilibre précaire sur le dernier barreau de l'échelle. D'une main, il maintenait le piquet de fer. De l'autre, il tentait de relier le fil à la cage. L'ouvrier fou tira.

Gustave reçut la balle en plein cœur. Il lâcha le piquet. L'échelle balança d'avant en arrière. Son corps sans vie tomba dans le générateur central, en plein dans les engrenages qui tournaient à plein régime.

Alliage du chapitre 11

3 % de plomb,
4 % d'apparitions surnaturelles,
93 % d'aptitudes nouvelles

Gustave n'eut pas la chance d'avoir une mort rapide et indolore.

D'abord, il sentit son buste se déchiqueter. Puis des contractions tétaniques bloquèrent ses muscles. Tout son corps se crispa. Son diaphragme se tétanisa. Son cœur, affolé, fibrilla, jusqu'à ce qu'il soit si bien drainé qu'il s'arrête de battre. Ses poumons ratatinés durcirent. Avec l'arrêt de sa respiration, sa pupille se dilata jusqu'à exploser. Tout devint noir. Gustave plongea dans un abîme.

Dans ce gouffre l'attendait le phénix. L'oiseau était superbe. L'animal étendait des ailes fulgurantes, dont les extrémités se terminaient en flammèches. Des reflets diaprés dansaient sur ses plumes. Ses yeux étaient couleur d'orpiment, ce sulfure d'arsenic qui se sublime dans les fissures des roches volcaniques. À chaque battement d'ailes, comme un soufflet, il soulevait un air cuisant, qui attisait la braise rougeoyante qu'on voyait luire dans ses pupilles.

Gustave et le phénix se reconnurent. Gustave retrouva la créature dont il avait perçu la présence dans le générateur. L'oiseau se souvint du jeune homme qui, chaque dimanche, lui fournissait du charbon, et lui parlait.

Pendant des mois, dans le générateur, la magie séculaire du phénix s'était ravivée au contact des engrenages. L'oiseau mythique s'était repu de cette énergie moderne. Aujourd'hui, enfin, il renaissait. Il battait de ses ailes majestueuses, prêt à prendre son envol. Et pourtant, l'animal ne pouvait s'échapper de la machine. Gustave, entre deux flammèches, aperçut une lourde bague de fer autour d'une des pattes de l'oiseau.

Gustave n'avait jamais tant souffert. Sa chair mijotait. Les nerfs et muscles, en ébullition, éclataient en bulles corrosives. Ses viscères fondaient en grésillant lentement. Malgré la douleur, il trouva la force de soulever un bras. Du bout de ses doigts tremblants, il toucha le piquet qui fermait la bague. Un spasme secoua son bras. La douleur irradia son corps en vagues brûlantes. Il serra les dents, tendit la main, et parvint à tirer le piquet. La bague s'ouvrit. L'oiseau était libre.

Avant de s'envoler, le phénix lui fit un don. Comme les fois précédentes, quand le jeune homme s'était introduit dans le générateur, le phénix lui offrit la mort. Cette fois-ci, Gustave l'accepta avec soulagement.

Le volatile planta ses serres dans la poitrine de Gustave et lui serra le cœur.

Son mécanisme, qui s'était arrêté, repartit. Gustave avait été réparé. Il reposait dans la machine. La fée Électricité était à son chevet. Comme elle était jolie ! Elle ressemblait beaucoup à Isamberte. Elle semblait inquiète, cependant, et posait une main douce sur le front de Gustave, comme pour prendre sa température. Lorsque la paume de la jeune femme l'effleurait, un influx électrique lui cisaillait le cortex. Insensible à sa douleur, la fée Électricité lui souriait. Elle se pencha sur lui et l'embrassa. Sur le bout de sa langue, Gustave sentit le goût piquant de l'électricité.

Gustave était devenu un des engrenages du générateur central. Son corps était lové autour d'une roue dentée. Sa tête reposait contre un écrou. Des tuyaux enserraient ses chevilles. Il était bien. Il n'avait plus besoin de réfléchir ou prendre des décisions. Il était un des éléments du grand corps mécanique, et se mouvait au rythme des engrenages. Il tournerait ainsi indéfiniment.

Un hurlement le tira de sa torpeur. Non. C'était sans doute une hallucination. Il n'y avait là que le cliquetis des vérins et des pistons, si régulier et apaisant… Les machines ne criaient pas. Qui donc aurait pu l'appeler ? Isamberte ? Alfred ?

Un voile se déchira dans l'esprit de Gustave. Le jeune homme reprit conscience. En même temps, les mille douleurs qui burinaient son corps se signalèrent à sa raison. Des souvenirs se pressaient dans son cerveau, tous plus déplaisants les uns que les autres. Il se rappela avoir reçu une balle. Il était tombé dans le générateur central. Son corps s'était coincé entre les engrenages. Il faisait si chaud dans le mécanisme, que son pendentif aimanté avait fondu et pénétré sous la peau.

Les visions qui l'assaillaient ensuite, où se mêlaient le phénix et la fée Électricité, lui semblaient invraisemblables. Que s'était-il donc passé ? Gustave avait reçu une balle dans le cœur. Un aimant s'était enfoncé dans son torse. Le cuivre et le fer étaient deux métaux conducteurs. Auraient-ils généré un courant électrique qui avait aidé son cœur à repartir ? Avait-il désormais une résistance à l'intérieur de la poitrine ?

Gustave tenta de retrouver ses repères. Il n'y voyait rien. Partout où sa peau était exposée, il sentait son épiderme appuyé contre des surfaces métalliques. L'angoisse de ne pas comprendre commençait à le gagner. Il ne percevait pas les limites de son corps, là où ses membres prenaient fin et là où commençait la machine. Gustave banda les muscles de ses jambes, de ses bras, agita les mains et les pieds, tordit la nuque. La terreur lui apportait une force inespérée. Mais partout où il donnait un effort, il était calé par un panneau de métal, bloqué par un tuyau. Il hurla et compressa tant ses muscles qu'il finit par s'évanouir d'épuisement.

Il retrouva lentement ses esprits. Il tenta d'envisager calmement sa situation. Il pouvait lâcher prise. Oublier, se laisser bercer. Accepter de devenir un rouage docile et bien huilé.

Laisser sa chair agréger les rouages du générateur, se calcifier lentement, jusqu'à ne faire plus qu'un avec le métal. S'endormir en écoutant la mélodie cliquetante du générateur.

Un sursaut de révolte le secoua. Il refusait de laisser le directeur gagner. D'abandonner Isamberte, Alfred, Galvanier, La Malloise. Mais comment se libérer ?

Crier à l'aide ? Il se rappela comment, le premier jour, il avait pris le son d'un tuyau qui sifflait pour un hurlement : il s'époumonerait en vain. Attendre qu'Alfred démantèle la machine dans l'espoir de retrouver son cadavre ? Mais ses amis étaient peut-être déjà morts. Il élabora mille stratégies, dont aucune n'avait une chance de réussir. Il s'était pourtant entraîné si dur ! On lui avait fait passer tant d'épreuves ! Est-ce qu'il n'en avait rien tiré ? C'est alors qu'il entendit la voix de Constance, moqueuse. Toujours des plans, des stratagèmes ! Il devait penser avec son corps, intuitivement.

Gustave fit le vide. Il se recentra sur l'intérieur, son cœur qui battait, et le résonnement nouveau que cela semblait produire en lui. Un champ magnétique pulsait dans ses artères. Dans sa poitrine, des particules de fer aimantées tournaient, en petites balles de chaleur douce. Elles s'alignaient avec son cœur de cuivre, formant un champ de force qui vibrait en son sein. Gustave, curieux, imagina que les particules aimantées tournaient dans la direction inverse. Peu à peu, celles-ci, complaisantes, changèrent d'orientation.

Ce fut alors comme s'il se découvrait l'usage d'un sens nouveau. Un courant irrigua son cerveau, aiguisant sa perception. Le monde lui apparut comme jamais auparavant.

Gustave, comme les randonneurs ensevelis par une avalanche, était persuadé que le sol était encore à ses pieds. Maintenant qu'il percevait le champ magnétique terrestre, il réalisa qu'il était légèrement incliné, la tête en arrière. Les pièces métalliques alentour luisaient faiblement : il pouvait distinguer la quantité de fer dans les alliages, et repérer les métaux à plusieurs dizaines de mètres. Son acuité sonore avait augmenté : alors que le son, dans l'air, se propage à la vitesse de 344 mètres par seconde, dans l'acier, il file à près de cinq kilomètres à la seconde.

Ainsi, Gustave put identifier l'espace au-delà du générateur. Il perçut d'abord les hommes de fer, aisément reconnaissables. Il vit enfin la lueur plus discrète de ses amis : Peinchebec, dont il apercevait le crâne recouvert d'une plaque de métal, et la Malloise, dont le sang coulait sur le plan de fer où elle était encore clouée.

Gustave se concentra pour localiser Galvanier, Alfred ou Isamberte. Comme il forçait, les engrenages autour de lui se mirent à vibrer.

Gustave sentit l'excitation le gagner. Il eut l'intuition d'un phénomène incroyable : quand il rassemblait ses forces, son champ magnétique attirait les objets en fer autour de lui. Il était capable d'étendre ce champ au-delà du périmètre de son buste, mais dans une rangée assez étroite, et au prix de pénibles efforts.

Dans l'intervalle qui suivit, Gustave s'entraîna. Il apprit à propulser le champ magnétique hors de lui et à le diriger. Il s'exerça à inverser brusquement l'orientation des particules internes, de manière, au contraire, à repousser d'un coup, violemment, tout objet métallique assez proche. Il répéta ces manœuvres aussi souvent que l'aurait exigé Constance.

Enfin, il sentit qu'il maîtrisait suffisamment ce nouveau pouvoir. Maintenant, il devait faire vite. Il était épuisé et craignait de s'évanouir. À l'aide de son champ magnétique, il déplaça les engrenages qui l'enserraient, poussant et réorganisant les rouages, sans arrêter la machine, de façon à ne pas attirer l'attention.

Alors qu'il progressait dans cette broussaille d'engrenages, son instinct l'alerta d'une présence. Une créature étrange se tenait non loin. Il s'approcha. Au détour d'une turbine, deux yeux se posèrent sur lui. Gustave sentit une onde d'effroi lui couler dans les reins. L'être qui le regardait était humain. En partie. Un homme était là, un hybride de chair et de fer. À l'intérieur de la machine.

Un souvenir l'éclaira. M. Aldinni avait avoué que l'ancien contremaître s'était jeté dans le générateur central. L'homme de fer n'était pas mort sur le coup. Le générateur, en l'avalant, avait recyclé cette matière humaine. La machine avait absorbé les pièces de fer et les morceaux de corps, les avait intégrés à son engrenage.

Gustave fut accablé par ce qu'il découvrit. L'homme était monstrueux. Dans ses globes oculaires étaient incrustées deux roues dentées, au centre desquelles la pupille, toujours fixe, brillait d'un éclat triste. Sa bouche était pour toujours rivée par une série de clous, soigneusement alignés en un rictus métallique. Ses bras et jambes étaient actionnés par des disques, pivots et balanciers. Un souffle de vie animait encore sa poitrine, d'où partait un tuyau d'échappement qui laissait sortir des jets de vapeur.

Gustave sentit un élan de révolte le soulever. Il était temps de sortir du générateur pour sauver ceux qui pouvaient encore l'être. Il arracha les câbles, broya les pistons, démantela les ressorts, disloqua les barillets. La machine gémit, craqua et poussa Gustave hors de ses entrailles. Dans une ultime contraction, elle expulsa le jeune homme. Entre deux tuyaux de métal, Gustave émergea la tête la première, le crâne et le buste couverts de sang.

Il se releva aussitôt, les joues noires de suie, les yeux sombres et creusés, prêt à se battre. Une abomination le suivait. Le contremaître rampait derrière lui, balançant ses longs bras sur des ressorts, et traînant les deux cornières métalliques qui lui servaient de jambes.

Le générateur central rendit l'âme. Ses engrenages cessèrent de s'agiter. Une par une, les autres machines s'éteignirent à leur tour. Les hommes de fer parurent décontenancés.

Gustave s'approcha de la Malloise. Grâce à son champ magnétique, il éjecta les clous qui l'emprisonnaient. L'ancien contremaître, avec une joie mauvaise, s'occupa d'assommer les ouvriers de fer. Gustave s'assura qu'Alfred et Peinchebec allaient bien. Ces derniers n'avaient pas encore repris leurs esprits, mais leur respiration était régulière.

Le jeune homme courut vers l'escalier. Un homme de fer s'interposa. Il dressa les bras devant lui, propulsa son champ magnétique et le repoussa sans peine loin de lui.

Il débarqua dans le bureau du directeur. Il n'avait pas même pris la peine de frapper. D'une pulsion, il avait fait sauter la serrure en fer, et déplacé les pieds en fonte de l'étagère qu'on avait placée devant la porte pour barricader. En le voyant, les ouvriers reculèrent, effrayés.

– La voie est libre, déclara Gustave d'une voix enrouée. Sortez. Prenez avec vous la Malloise, Peinchebec, et tous les blessés qui ne sont pas des hommes de fer. Ne prévenez pas la police. Je m'occupe du reste. Y compris du directeur.

Tous s'exécutèrent aussitôt. Le dernier ouvrier, et qui tenait encore le directeur en joue, tendit l'arme à Gustave.

M. Aldinni était prostré dans un coin. Gustave posa l'arme sur une table, chancela, et se passa la main sur le visage. Soudain, par-derrière, il se sentit enserré par une prise aussi solide qu'un étau de fer. Dans un mouvement panique, il dégagea un champ magnétique brouillon, peu concentré, et insuffisant pour se libérer. Mais son nouvel adversaire, étonné, relâcha son empoigne. Gustave en profita pour lui faire une clé et se dégager. Il se retourna, prêt à massacrer son attaquant. Et arrêta son bras. En face de lui se tenait Isamberte. Le directeur éclata de rire.

Gustave contempla la jeune fille. Ce qu'il voyait, de ses yeux nouvellement entraînés, il ne pouvait le croire. Sous la peau d'Isamberte, Gustave percevait l'éclat du métal. Elle était semblable aux hommes de fer. Non. Elle était pire. Elle avait, comme eux, une armature de fer. Et, en son buste, des rouages d'or et d'argent. Ces métaux, plus chers et plus solides que le zinc et le cuivre, étaient d'aussi bons conducteurs. Le directeur n'avait lésiné sur aucuns frais pour celle qu'il avait présentée, le premier jour, comme « sa plus belle création ».

– Tue-le, ordonna M. Aldinni.

Isamberte, le regard vide de toute expression, se jeta sur Gustave. Ce dernier l'évita avec peine. Elle était aussi vive que Constance.

Il battit en retraite et se retrouva sur la passerelle. Isamberte se lança à sa poursuite. Le sol était jonché de pièces métalliques. Isamberte attrapait sans effort des poids de cent kilos, qu'elle jetait sur son adversaire. Un sourire mécanique déforma son visage. Un énorme disque en main, elle s'approcha de Gustave, qui reculait prudemment. Elle éclata de rire et déclara : « Quand je vise… on prie ! ». Elle jeta le disque, qui manqua tout juste de décapiter le jeune homme.

Gustave tenta de la raisonner. Il l'appela par son prénom, lui rappela les moments qu'ils avaient passés ensemble. Le directeur suivait le combat d'un air avide. Pour le plaisir de déstabiliser le jeune homme, il déclara :

– Vous vous épuisez pour rien. Ma Bertie ne vous répondra pas. Lorsque je lui donne un ordre, elle ne fait rien d'autre tant que celui-ci n'est pas obéi.

– Comment avez-vous pu ? s'écria Gustave.

Le directeur bomba le torse.

– Épargnez-moi vos récriminations ! J'ai créé la femme parfaite. Mon épouse, paix à son âme, était une petite chose alanguie, qui a passé les dernières années de sa vie alitée. Qui voudrait d'une femme, d'une mère, d'une sœur, qui se brise au moindre faux pas, qu'un rhume peut emporter ? Isamberte aurait pu hériter de la maladie de sa mère. Devenir une jeune fille délicate, sensible au moindre coup de vent. Mourir dans la fleur de l'âge. Je n'ai pas voulu courir ce risque. J'ai mis tout mon talent à faire d'elle une enfant solide. Et si obéissante ! Songez donc : elle peut préparer trente petits plats sans verser une goutte de sueur ! Sa peau, tendue sur le fer, ne ridera jamais !

Isamberte continuait de bombarder Gustave. Le jeune homme esquivait, épuisé, n'osant s'approcher. Les conseils de Constance sur la fuite lui revinrent en mémoire. Lorsque Isamberte saisit un énorme poids en fonte, il fonça droit sur son adversaire, utilisant son champ magnétique pour influer légèrement la direction du projectile. Le poids frôla sa joue. Gustave se retrouva tout près de la jeune fille.

Gustave savait qu'il devait la serrer de près, ne pas lui laisser l'occasion de se pencher et reprendre un projectile. Alors commença un combat au corps à corps. Isamberte était rapide et infatigable. Gustave était exténué. Pourtant, son corps continuait de répondre, alors même que son cerveau hurlait qu'il n'en pouvait plus. Les réflexes acquis lors de ses longs entraînements dirigeaient ses bras et ses jambes. Son champ magnétique réagissait en accord, comme un muscle pliant. Hélas, les attaques répétées d'Isamberte ne lui laissaient que le temps de parer.

Gustave ne voulait pas tuer Isamberte, et ne parvenait pas à l'arrêter. En désespoir de cause, il s'adressa au directeur. Il voulut l'apitoyer. Il lui avoua qu'il aimait sa fille. Le directeur éclata d'un rire mauvais.

– Mon pauvre ami ! Ma fille réagit à ma voix et obéit à mes ordres. En dehors de cela, elle répète toujours quatre actions en boucle. D'abord, elle sourit, et elle rit. Puis elle dit : « Je vous en prie. » Enfin, elle acquiesce. Vous ne l'avez jamais fréquentée que sous ce mode automatique. Vous êtes tombé amoureux d'une machine, mon brave !

Gustave secoua la tête. Non, il ne pouvait pas s'être fourvoyé à ce point. Lui et Isamberte avaient discuté. Il avait senti une connexion passer entre eux. Comment ne pouvait-il pas s'être rendu compte qu'elle ne savait dire que « je vous en prie » et « oui » ? Il chercha à se rappeler ses paroles. Ils s'étaient toujours vus dans des lieux un peu bruyants. Avec une lucidité épouvantable, Gustave se remémora chaque geste d'Isamberte, et l'atroce réalité lui apparut. Il la vit répéter toujours les quatre gestes qui constituaient son unique répertoire : un sourire, un rire, un « je vous en prie », un « oui ». Et lui avait interprété ces actions, imaginé une connivence, et même, souvent, à cause du vacarme, déformé son « je vous en prie », pour entendre une autre phrase proche : « je vous envie », « je veux un prix », « je vous ai pris »...

Magnanime, le directeur ajouta :

– Mais je dois reconnaître que ma fille vous aime bien. Elle m'a même surpris. Ces derniers temps, son comportement s'était beaucoup enrayé. Elle agissait étrangement. Une nuit, alors que je faisais quelques réglages sur son mécanisme dans mon atelier, elle s'est complètement déréglée. Elle s'est échappée pendant que je cherchais un outil. Je l'ai retrouvée dans votre chambre, en train de vous serrer dans ses bras !

Isamberte était une machine à tuer. Et pourtant Gustave la trouvait toujours aussi belle, toute de métal vêtue. Il continuait à réfléchir, à chercher un moyen de sauver sa dame de fer.

Isamberte était réglée comme du papier à musique. Il changea de rythme. À contretemps, il se jeta sur la jeune fille, n'essayant pas même de parer le coup qu'elle lui lança. Son adversaire, déstabilisée, se laissa enlacer. Gustave, de toutes ses forces, déploya son champ magnétique autour d'Isamberte. Il la serra dans ses bras.

Pendant ce temps, le contremaître terminait d'assommer les derniers ouvriers fous.

La jeune fille dégagea un fort courant électrique, que Gustave encaissa sans broncher. Il avait eu son lot d'électricité depuis sa chute dans la machine. Désormais, le courant ne lui faisait pas plus d'effet qu'un coup de vent sur la peau.

Les yeux vides d'Isamberte laissèrent échapper des larmes. En coulant le long de ses joues, le liquide salé, excellent conducteur d'électricité, faisait jaillir des étincelles. La voix de la jeune fille s'éleva, tel un disque rayé. Son mécanisme devait avoir subi un choc. Elle se mit à scander : « je vous en prie... je vous en prie... je vous en prie... » Avec sa voix éraillée, ces paroles, répétées en boucle, sonnaient comme : « je vis en prison... je vis en prison... je vis en prison... »

Gustave, ému, ne put s'empêcher de relâcher sa prise.

– Tue-le ! hurla le directeur, exaspéré.

Isamberte s'approcha. Gustave n'en pouvait plus. Il en était presque à songer qu'une mort de la main d'Isamberte serait sans doute bien douce.

La jeune femme s'immobilisa, comme en proie à une panne. Elle cessa ses attaques. Ses yeux s'éclairèrent. Gustave eut l'impression qu'elle tentait de se libérer de ses automatismes.

En bas, le contremaître lança un long bras à ressort, qui déchira la rambarde. Il lui restait encore un ennemi dont il voulait se venger.

Gustave murmura le prénom d'Isamberte. La jeune femme pencha la tête comme pour mieux l'écouter.

Le directeur, pour en finir plus vite, saisit le pistolet que Gustave avait laissé sur la table. Il s'approcha presque à bout portant et tira.

Gustave entendit le coup de feu. Il trouva qu'on lui avait tiré dessus beaucoup trop souvent aujourd'hui. Il eut aussi le temps d'estimer que son champ magnétique n'était pas assez puissant ni rapide pour arrêter une balle d'aussi près. Il regarda devant lui, prêt à mourir une seconde fois. Et il vit le visage souriant d'Isamberte.

La jeune femme avait fait un pas de côté et encaissé la balle à sa place.

L'impact déstabilisa son corps alourdi par le métal, et la fit basculer sur le côté. Elle tomba violemment sur la rambarde, dont un pan entier venait d'être arraché par l'ancien contremaître. Le chambranle, qui tenait à peine, grinça.

Gustave se jeta en avant pour rattraper la jeune fille. Comme au ralenti, il vit la rambarde céder. Les yeux d'Isamberte s'agrandirent. Elle murmura : « je vais en paix ». Ou peut-être avait-elle répété, une fois de la plus, « je vous en prie » ?

Isamberte bascula dans le vide. Gustave tendit le bras. Le pendentif aimanté qu'il lui avait offert fonça vers sa paume. Il serra le poing sur le cabochon. Pendant une seconde, la chute d'Isamberte fut interrompue. La jeune fille se trouva suspendue à son collier. Puis la fine chaîne se brisa. Isamberte bascula. Elle tomba dans un des bassins remplis d'eau. Entraînée par son poids, elle coula aussitôt tout au fond.

Malgré l'épuisement, Gustave courut en trébuchant vers l'escalier. Le directeur avait eu le temps de recharger l'arme. Il s'interposa. Gustave ne dévia pas de sa course.

M. Aldinni n'eut pas le temps de tirer à nouveau. Le contremaÎtre-machine, avec ses bras en ressort, se hissa sur la balustrade. Le directeur recula devant le monstre. Avec effroi, il matraqua la créature, tirant sur les valves et les bielles. Les rouages perforés vomirent un sang rouge et brillant. Le contremaître de fer, sans ralentir, s'avança et ceintura le directeur. Serrant M. Aldinni contre ses engrenages, il se traîna jusqu'au four le plus proche. Le métal en fusion y bouillonnait encore. Le contremaître-machine tourna brièvement son visage vers Gustave. Les clous qui lui servaient de bouche dessinèrent un sourire. Il se laissa tomber dans la lave, le directeur dans ses bras. Bientôt, il ne resta plus rien des deux corps.

Avec un dernier sursaut d'énergie, Gustave courut jusqu'au bassin et sauta dans l'eau. Il tenta de soulever le corps inerte d'Isamberte, qui reposait au fond. Il n'avait plus assez de force pour la ramener hors du bassin.

Galvanier revenait à lui. Il se releva, bondit dans l'eau à son tour, et avec une force que Gustave ne lui aurait pas supposée, parvint à hisser le corps de la jeune fille. Doucement, il l'allongea sur le rebord du bassin. Gustave se pencha. Elle ne respirait plus. Sa mécanique s'était arrêtée. Son visage semblait apaisé.

Le jeune homme restait là, les joues ruisselantes. Alfred les rejoignit. Il regarda Gustave. Il n'était pas sûr de reconnaître son ami. Il y a quelques heures, il avait à ses côtés un agent prometteur et plein de fougue. Il retrouvait un survivant échappé de l'enfer. Les ténèbres auxquelles le jeune homme avait échappé étaient encore lovées dans ses yeux caves. Autour de Gustave, un étrange courant tournoyait, qui faisait frémir les petits clous et débris métalliques jonchant le sol. Alfred devina les nouveaux pouvoirs de Gustave. Mais pour l'heure, ce dernier était surtout ravagé par le chagrin.

Alfred se pencha doucement sur son ami :

– Gustave, dit-il, il y a dans l'atelier plusieurs ouvriers blessés et assommés. Les plaques de fer qu'ils ont dans le corps, pouvez-vous les enlever ? Nous devons sauver ceux qui peuvent encore l'être, leur redonner leur humanité.

Gustave sortit lentement de son hébétude. Dès que les paroles prononcées par Alfred eurent pénétré son cerveau, il se releva. Il alla vers les hommes de fer allongés à terre, et entreprit de les soigner. Il procédait tout doucement, laissant couler son fluide qui attirait le métal, ôtant ce qui pouvait être ôté, s'assurant que plus aucun courant électrique ne traverserait le corps de ces hommes. Il put, ainsi, sauver de nombreux manœuvres. D'autres n'avaient pas eu cette chance. Alfred et Galvanier leur fermèrent les paupières et portèrent les corps hors de la manufacture, où les familles attendaient, en larmes.

Gustave purgea le dernier homme et sortit à son tour. Parmi les familles éplorées, il reconnut la mère de l'ancien contremaître. Les femmes de la cité avaient porté la vieille dame jusque devant la manufacture. Elle était assise sur un tréteau, emmitouflée dans une couverture. Elle avait cessé de réclamer son fils. Elle venait de comprendre qu'elle ne le reverrait plus, et portait sur le bâtiment en ruines un regard abêti par la souffrance. Plus loin, Gustave aperçut la Malloise, pâle, les mains bandées. Elle serrait Timalloy dans ses bras. Autour d'elle se pressait une ribambelle de gamins. C'étaient les enfants du père Malloy, désormais orphelins. La Malloise leur promettait de s'occuper d'eux.

Alfred passa un bras autour des épaules de Gustave et l'entraîna loin de la manufacture.

Alliage du chapitre 12

40 % d'étain,
60 % de conclusions

Gustave s'étira. Il avait passé une mauvaise nuit, ballottée de cauchemars. Il était soulagé de retrouver la lumière matinale, qui chassait ces mauvais rêves. Il se leva. Le soleil était haut dans le ciel. La journée était déjà bien avancée. Mais Gustave était encore en convalescence : il avait bien droit à une grasse matinée de temps en temps.

Un léger piétinement devant la porte attira son attention. Il s'habilla, prépara deux tasses, et alla ouvrir. Debout depuis des heures, Galvanier attendait devant son appartement sans oser le déranger.

En buvant leur café, ils parlèrent encore de la manufacture. Depuis, les journaux s'étaient eux aussi emparés de l'affaire. Sur le bureau de Gustave, les coupures s'empilaient. Beaucoup racontaient le « drame de Levallois-Perret », comme l'avaient baptisé les journalistes. La foudre, tombée sur une usine de métallurgie, avait provoqué des incendies qui avaient coûté la vie à de nombreux ouvriers, ainsi qu'au directeur et à sa fille. Un article récent expliquait que la fortune de M. Aldinni, en l'absence de descendants, avait été partagée entre les familles des manœuvres.

La presse scientifique, elle, décortiquait avec passion la tempête solaire qui s'était produite ce soir-là. Les astronomes avaient observé sur l'astre des taches d'une grandeur anormale, d'où partait parfois un éclair. Cette série d'éruptions solaires avait déclenché, sur Terre, des aurores polaires d'une intense luminosité. Celles-ci avaient généré des courants électriques dans le sol, perturbant toutes les télécommunications. Puis la magnétosphère avait été comprimée sous l'influence du vent solaire. Le champ magnétique terrestre avait alors été fortement perturbé, allant jusqu'à s'inverser temporairement pendant une courte période, lorsque le vent solaire issu de l'éruption, intense, et opposé au champ magnétique terrestre, avait atteint la Terre.

Un phénomène de cette ampleur était rare. Il ne se produisait que tous les cent cinquante ans. Galvanier en concluait que, contrairement à une idée reçue, le phénix ne renaissait pas de ses cendres une fois par siècle. Il ressuscitait tous les siècles et demi, sous l'influence du Soleil. Selon lui, c'était grâce à l'oiseau mythique que Gustave avait survécu à une mort certaine, et acquis ces nouveaux pouvoirs.

Lorsque Aldinni avait découvert l'animal, ce dernier ne devait être encore qu'une faible créature en train de mourir dans ses cendres. Le directeur l'avait enchaîné et avait profité de ses pouvoirs. C'est pourquoi seuls les ouvriers qui subissaient l'opération au cœur du générateur ne décédaient pas : ils survivaient grâce à l'influence du phénix, occupé à renaître doucement, quoique pas encore en possession de tous ses moyens. Le soir de la tempête, l'oiseau avait achevé sa renaissance. Libéré par Gustave, il avait quitté définitivement son nid.

Le vieillard pensait que le volatile s'était envolé vers une nouvelle contrée. On ne le reverrait sans doute jamais. Gustave sourit, rassuré : l'ancien agent ne serait plus obsédé par ses recherches. Quelques minutes plus tard, le jeune homme leva les yeux au ciel : pendant qu'il resservait du café, Galvanier avait tiré de sa poche un gribouillis de plan. Le vieillard s'était mis en tête d'étudier la salamandre. Selon lui, on pourrait découvrir cet animal mythique, qui vit dans le feu et s'en nourrit, dans certains bassins miniers du nord de la France.

*

Gustave quitta le lit sur lequel il était allongé, et ôta les électrodes qu'Alfred lui avait placées sur le corps. Devant le miroir, il renfila son pantalon, en prenant soin de le secouer pour ôter les résidus de poudre explosive qui voletaient un peu partout dans le laboratoire de son ami. En rangeant son matériel, Alfred récapitula ses conclusions :

– Votre champ magnétique interne fonctionne parfaitement sur le fer, et beaucoup moins bien sur les alliages contenant du fer. Par ailleurs, vous aurez régulièrement besoin de vous réaimanter avec un fort courant électrique, c'est évident. Sinon, le champ s'amenuisera. Ce que nous devons absolument éviter, car votre cœur a désormais besoin de cette énergie, sans quoi j'ai bien peur qu'il s'arrête de battre.

Gustave soupira.

– Une telle source d'électricité ne sera pas facile à trouver, fit-il observer. Il faudrait un courant aussi puissant que celui de la foudre qui a frappé la manufacture, et cela est très rare.

– Oui, reconnut Alfred. Mais la foudre est exactement ce qu'il nous faut. En plantant une barre de fer dans le sol, nous pourrions l'attirer et la canaliser.

Gustave fronça les sourcils.

– Pour obtenir les quantités d'énergie dont vous affirmez que mon corps a besoin, il faudrait bien plus qu'une barre de fer, dit-il. Il faudrait un pylône d'une hauteur considérable... au moins trois cents mètres... et personne n'a jamais construit cela.

– Mais ne pourriez-vous pas superviser un chantier de cette ampleur ? Pas trop loin des locaux de la Société, si possible ?

– Vous voudriez que je fasse construire, au sein de la capitale, une tour de plus de trois cents mètres, entièrement en fer ?

Alfred sourit.

– Avec vos nouveaux pouvoirs, dit-il, ce ne devrait pas être trop difficile.

Gustave se plaça devant la glace pour enfiler sa chemise. Oui, l'idée était loin de lui déplaire. Il avait toujours rêvé de bâtir des monuments. Déjà, dans sa tête, les calculs s'enchaînaient. Il pourrait déposer la tour sur quatre piliers, chacun orienté vers un point cardinal. On ajouterait des arcs tendus au-dessus des piliers. Et trois étages.

Tout en méditant sur ce nouveau projet, Gustave contempla son reflet. Son aventure dans la manufacture de Levallois-Perret l'avait marqué. Ses iris s'étaient assombris. Ses cheveux s'échappaient en mèches indisciplinées, tendues par l'électricité statique. Une profonde cicatrice barrait sa poitrine. La blessure s'étendait jusqu'aux clavicules, où le collier aimanté avait fondu et pénétré sous la peau. Sur le sein gauche, une marque en forme de serre creusait la peau.

– Bon sang ! à quoi donc est-ce que je ressemble ? murmura-t-il pour lui-même en finissant de boutonner sa chemise.

Alfred, qui l'avait entendu, se plaça derrière lui et posa une main sur son épaule.

– À un héros, répondit-il très sérieusement.

~~Remerciements~~

... Mélanie, éditrice à l'œil aiguisé, qui avec le sourire le plus doux du monde, comme ça, l'air de rien, a réussi à me faire retravailler ce roman un nombre incalculable de fois, alors que j'aurais pu flemmarder tranquillement.

... Michèle, directrice au cœur passionné, et toute sa fine équipe, qui pétille d'enthousiasme et de gentillesse. Si vous voulez mon avis, c'est louche.

... La famille Serris-Vesco, qui relit plusieurs fois les différentes versions du manuscrit, cherche des idées, supervise les passages scientifiques, brainstorme sur le titre et les propositions de couverture. C'est pas mal, mais franchement, s'ils poussaient un peu plus loin l'effort collectif, ils pourraient écrire le prochain tome, pendant que je ferais la grasse matinée.

... Charlie, qui a pris le temps de lire d'un œil pertinent et attentif mon manuscrit, alors qu'elle était enceinte jusqu'aux yeux et occupée par ailleurs à gérer quelques cataclysmes. C'est n'importe quoi, elle devrait revoir son sens des priorités, je pense.

... Thomas, de la librairie des Croquelinottes à Saint-Étienne, qui m'a déniché plein de jeux de mots. À cause de lui, ce roman est bourré de calembours tous plus vaseux les uns que les autres.

... Les jeunes lecteurs, Elina de Pornic, Léo de Couëron, Arthur, Paul et tous les autres, qui m'écrivent, me conseillent, proposent de superbes idées, et attendent de lire la suite des aventures de la S.S.S.S.S.S. Ils me harcèlent avec leurs encouragements et leur impatience, alors que comme je disais plus haut, je pourrais lézarder et me la couler douce.

Et ne parlons même pas des libraires extraordinaires, des médiathécaires prodigieuses et directeurs de médiathèque enchanteurs, des professeurs magiciens, des blogueurs époustouflants et des collègues écrivains attentifs et bienveillants.

Non mais tout de même !
Enfin, je veux dire...
Bon.

MERCI !

F. V.

Les archives de la S.S.S.S.S.S.

Fiches signalétiques des agents spéciaux de la S.S.S.S.S.S.

Nom : Gustave Eiffel
Nom de code : agent Φ
Spécialité : téléferrukinésie

Nom : Louis Pasteur
Nom de code : agent π
Spécialité : vaccination des créatures surnaturelles et fabrication d'armes bactériologiques

Nom : Constance de Villeneuve Letang
Nom de code : agent ≥
Spécialité : combats à l'arme blanche et protection rapprochée

Nom : Alfred Nobel
Nom de code : agent ≈
Spécialité : dynamite et explosifs en tout genre

Biographie industrielle de Gustave Eiffel et autres anecdotes historiques

Gustave Eiffel, l'homme du fer

Jeunesse et études

Notre cher Gustave est né en 1832, à Dijon. À cette époque, c'est déjà la ville de la moutarde. C'est aussi une période d'envolée du progrès et de développement de l'industrie. On crée des machines à gogo, et jusque dans la cité natale de Gustave, le moutardier Maurice Grey invente un super engin encore plus performant pour fabriquer le fameux condiment.

Mais revenons à nos moutardes... heu, pardon... à nos moutons. Dans son enfance, Gustave voue une grande admiration à son oncle Mollerat, qui est un peu l'aventurier de la famille : ce chimiste et inventeur est parti aux Amériques faire fortune, avant de revenir en France diriger une distillerie.

C'est donc dans l'idée de devenir ingénieur chimiste, et de travailler pour son oncle, que Gustave fait ses études à l'École centrale des arts et manufactures. Pourtant, il change de spécialité, et c'est finalement vers la métallurgie qu'il se tourne. En août 1855, il obtient son diplôme : il est septième dans sa spécialité, ce qui n'est pas mal du tout. L'été qui suit, il profite de ses vacances. Il aime se promener dans Paris, danser et nager. Il se met à fumer. Il visite l'Exposition universelle en compagnie de sa sœur et son beau-frère. À la suite de quoi, il constate avec une ingénuité charmante que la vie à Paris est bien chère, et qu'il accumule des petites dettes, ce qui alarme quelque peu sa maman.

Heureusement, il décroche peu de temps après son premier emploi, dans une manufacture qui produit des pièces pour machines à vapeur et du matériel de chemin de fer. Il travaille sous la houlette de Charles Nepveu, un homme plein d'allant, inventif, grand travailleur, mais au caractère étrange, et sujet à des crises de découragement très violentes. Un matin, Nepveu ne se présente pas à son bureau et reste introuvable. Gustave, inquiet, fouille son bureau et s'aperçoit que le pistolet du directeur n'est plus à sa place. On retrouvera Nepveu plusieurs jours plus tard, errant dans la forêt de Fontainebleau, et incapable de se rappeler ce à quoi il a occupé ces derniers jours. Suite à cet incident, Gustave quitte son emploi.

Il travaillera quelques années pour une entreprise qui a racheté une filiale de Nepveu. Dix ans plus tard, il ouvrira ses propres ateliers, aux portes de Paris, à Levallois-Perret.

Les constructions d'Eiffel

Chers lecteurs, êtes-vous parisiens ? Alors vous avez peut-être entendu parler d'une certaine tour. Je ne sais pas si vous voyez de quoi je parle... Une grande construction éponyme, tout en fer, réalisée par Eiffel ? Ça vous dit quelque chose ? Gustave a construit cette tour entre 1887 et 1889, alors qu'il avait 54 ans.

Chers lecteurs, vous n'êtes pas parisiens ? Alors vous devez savoir que, partout ailleurs qu'à Paris, on peut admirer des constructions Eiffel. En Auvergne, il y a le célèbre viaduc de Garabit, à Bordeaux, on peut traverser la passerelle Eiffel, à Nice, il y a la coupole de l'observatoire, au Portugal, le pont de Maria Pia, à Budapest, la gare de l'Ouest... entre autres. C'est aussi dans l'atelier d'Eiffel qu'on concevra l'armature en fer de la statue de la Liberté, avant son départ pour New York.

Lecteurs, je vais maintenant essayer de comprendre avec vous en quoi consistait le travail de notre cher Gustave. Je vais être sincère : je ne comprends pas grand-chose à la construction. Mes connaissances dans le domaine se limitent à monter des meubles Ikea, et encore, je dois me préparer psychologiquement avant.

Gustave Eiffel gère des chantiers légèrement plus complexes que de fixer les petites chevilles d'une étagère Glück. Il s'occupe plutôt de faire les calculs nécessaires pour qu'une porte d'écluse qui pèse 230 tonnes puisse se démonter en 110 morceaux, et occupe un volume de 750 mètres cubes, sur une largeur de seulement trois mètres. Dans l'idéal, il faut éviter de faire des erreurs, sinon tout s'écroule et c'est embêtant. Quand on bâtit un pont, par exemple, l'instant critique est celui où les deux moitiés du tablier se rejoignent : l'écart ne doit pas être de plus de quelques millimètres. Dans ce domaine, Gustave Eiffel se débrouille plutôt très bien. C'est un homme méthodique, qui prône la supériorité du calcul sur l'intuition et l'improvisation. Perfectionniste, il a le culte de la précision mathématique : les cotes sont calculées au dixième de millimètre près, et il refait ses calculs plusieurs fois selon des méthodes différentes. Selon Gustave Ollendorff, chef de cabinet au ministère du Commerce et de l'Industrie, Eiffel s'est « spécialisé plus que personne dans son industrie ; a passé sa vie à calculer avant tout le monde, plus sûrement que tout le monde, le maximum de résistance du fer ».

Gustave Eiffel est également connu pour avoir dessiné des ponts et gares complètement portatifs. Il développe la préfabrication en atelier, pour que le travail sur le chantier soit simplifié, et se réduise à une simple opération de montage. Il étudie en particulier les piles métalliques, et découvre les meilleures techniques pour bâtir des appuis très résistants sur lesquels repose le tablier du pont. Bref, si vous voulez mon avis, Gustave Eiffel serait très doué avec des Lego.

Le chef d'entreprise

Gustave Eiffel est également reconnu pour ses qualités relationnelles, et son talent à gérer et mobiliser ses hommes. Sur les chantiers, il répartit les ouvriers en groupes réduits et efficaces, qui travaillent vite, sans faire de faux mouvements.

Il avait des méthodes assez particulières pour serrer la vis à ses employés, mais c'était un patron plutôt juste et généreux, au regard des pratiques de son époque. Un jour que ses hommes avaient réclamé une prime, Gustave, qui ne voulait pas céder à leur pression, la refusa fermement. Lorsque les ouvriers, vaincus, se rétractèrent, il leur accorda ce qu'ils demandaient. Par ailleurs, lors de la construction de la tour Eiffel, il alloua spontanément une prime à toutes ses équipes, pour récompenser leurs efforts, car ces derniers durent travailler très rapidement.

Il avait également à cœur de garantir la sécurité des travailleurs. Il faisait aménager des rebords saillants sur les chantiers pour prévenir les chutes d'outils, et des garde-corps sur les plateformes en hauteur. Il interdisait aux ouvriers de boire de l'eau-de-vie ou du rhum au déjeuner, pour éviter les accidents. On raconte même que, sur un chantier à Bordeaux, il aurait sauvé un de ses hommes de la noyade en plongeant pour le ramener à terre. On dit également qu'après la construction de la tour Eiffel, les ouvriers qui avaient participé au chantier, les « charpentiers du ciel », comme on les appelait, formèrent une société secrète.

À la fin de sa carrière, Gustave Eiffel se consacre à la valorisation de sa tour. Il se démène pour la sauver, car beaucoup la trouvent laide et souhaitent qu'elle soit démontée. On la qualifie d'« odieuse colonne boulonnée » ou de « lampadaire tragique ». L'écrivain J.-K. Huysmans, dans un élan de verve poétique, l'a même comparée à un « suppositoire criblé de trous » (chers lecteurs, cette dernière métaphore est peu élégante, j'en conviens, et vous avez peut-être maintenant des images assez déplacées qui surgissent dans votre esprit... vous m'en voyez désolée).

Heureusement, Gustave Eiffel savait se défendre. Une de ses armes était la plume, même s'il prétendait être « plus habitué à assembler des fers que des phrases ». Pour promouvoir ses œuvres, Gustave avait une technique imparable : il rédigeait lui-même les articles sur son travail et les envoyait aux journalistes, qui n'avaient plus qu'à les publier. Je devrais sans doute procéder de même. Lecteurs, si vous voyez paraître dans la gazette de Montreuil un article intitulé « Avec *Gustave Eiffel et les âmes de fer*, Flore Vesco signe un nouveau chef-d'œuvre », vous saurez que j'ai réussi à imiter la technique promotionnelle de Gustave !

Alfred Nobel, le « marchand de la mort »

Alfred Nobel est né à Stockholm en 1833. Il est issu d'une famille de grands scientifiques et ingénieurs. À 17 ans, il s'installe à Paris pour étudier la chimie, puis il poursuit ses études aux États-Unis. De retour dans sa Suède natale, il s'installe dans l'usine familiale, où il se consacre à l'étude des explosifs. Il veut trouver comment stabiliser la nitroglycérine. Ces recherches ne sont pas sans danger : plusieurs accidents se produisent à l'usine. Une explosion particulièrement violente coûtera la vie à son jeune frère. Enfin, Alfred Nobel réussit à fabriquer le premier bâton de dynamite.

Cette invention le rendra riche, mais lui vaudra également le titre peu reluisant de « marchand de la mort ». Désireux de laisser au monde une meilleure image de lui, Alfred lègue l'intégralité de sa fortune pour la création du prix Nobel. Remis pour la première fois en 1901, ce prix continue de couronner cinq personnalités chaque année, dans les domaines de la physique, la chimie, la médecine, la littérature et la paix.

La tempête solaire de 1859

Lecteurs, vous qui savez plein de choses, vous étiez sans doute déjà au courant qu'il y a des tempêtes et des éruptions à la surface du Soleil. Pour moi qui ai l'imagination fertile, mais peu de connaissances en astronomie, je pensais plutôt que le Soleil abritait des paysages fantastiques et des extraterrestres, tels que les a décrits Cyrano de Bergerac dans un roman que j'adore, *Les États et Empires du Soleil*.

Eh bien ! figurez-vous qu'il y a sur le Soleil des éruptions qui éjectent une grande quantité d'ions, qui file à toute vitesse dans la galaxie. Parfois, certaines de ces projections traversent la magnétosphère, et arrivent sur la Terre. On appelle ça des orages magnétiques. Si, ça, c'est pas un truc super cool, je ne sais pas ce qu'il vous faut.

En 1859, s'est produite la série d'éruptions solaires la plus violente à ce jour. Le champ magnétique terrestre s'est inversé temporairement sous l'influence du vent solaire. La magnétosphère terrestre a été comprimée, si bien qu'elle était moins protégée des particules ionisées. Celles-ci ont généré des aurores très intenses, qui ont elles-mêmes grillé les circuits électriques dans le sol, et perturbé toutes les télécommunications.

La première Exposition universelle

La première Exposition universelle française s'est tenue du 15 mai au 15 novembre 1855. L'immense palais de l'Industrie était trop étroit pour accueillir tous les exposants. On a donc ajouté des galeries supplémentaires, dont la fameuse galerie des Machines.

On y admirait de nombreuses inventions : des marteaux-pilons, des moteurs hydrauliques, des ventilateurs et autres souffleries, des machines agricoles. Les visiteurs se faisaient prendre en photo grâce à un procédé révolutionnaire de développement photographique au collodion humide. Ils pouvaient écouter les notes d'un tout nouvel instrument, inventé par Adolphe Sax, que ce dernier avait baptisé... le saxophone.

Les machines tournaient toute la journée, pour le plus grand amusement des visiteurs. Ces derniers découvrirent les premières tondeuses à gazon, machines à laver le linge et machines à coudre, et le révolver à six coups. Une poupée parlante, et une Locomobile, alimentée par du pétrole, étaient également exposées. Édouard Loysel y présentait une machine à café géante, baptisée « percolateur hydrostatique », qui versait 2 000 tasses de café à l'heure (voilà une machine qui m'aurait été très utile pendant la phase de rédaction de ce roman).

La fée Électricité

La seconde moitié du XIXe siècle est l'époque du développement de l'énergie électrique. Les premiers moteurs électriques apparaissent vers 1840. Lors de l'Exposition universelle de 1855, on découvre l'horloge et la sonnette électriques, et les premiers télégraphes capables de transmettre des dépêches dans les deux sens.

Cependant, l'électricité n'entrera dans la vie courante que vers la fin du siècle. En 1876, par exemple, trois « villes lumières » disposent d'un éclairage électrique : Londres, New York et Paris.

À l'époque où Gustave Eiffel n'est encore qu'un jeune homme, l'électricité est donc toute nouvelle. Elle apparaît aux Français comme une source d'énergie un peu magique et miraculeuse. Dans les journaux, des gravures représentent la « fée Électricité », une jeune femme qui brandit une baguette d'où jaillissent des éclairs, et dont la lumière bienfaisante inondera bientôt le monde. On s'imagine que le courant électrique, quand il passe dans le corps, peut guérir les handicaps ou les maladies graves. En Russie, on enfouit des câbles sous terre pour irriguer le sol en électricité, car on espère ainsi obtenir de meilleures récoltes.

Ce « pouvoir » de l'électricité n'est pas une idée nouvelle. Au siècle précédent, les adeptes du galvanisme (du nom du savant Luigi Galvani) pensent qu'un courant électrique suffisamment fort aurait le pouvoir de ramener un cadavre à la vie. Galvani s'est en effet rendu compte que le courant électrique contracte les muscles d'une grenouille, même morte. Son neveu, Giovanni Aldini, va plus loin, et n'hésite pas à électrocuter des pendus pour tenter de les ramener à la vie. Leurs recherches ont inspiré Mary Shelley quand elle a écrit les aventures du docteur Frankenstein...

Lecteurs, j'espère que ces informations vous ont galvanisés ! En attendant, ne mettez pas vos doigts dans les prises, hein.

© Danica Bijeljac

Flore Vesco est née à Paris en 1981. Elle a longtemps hésité entre le grand banditisme, la piraterie, et l'écriture. Elle n'a encore renoncé à aucun des trois. Elle a été chasseuse de primes, éleveuse d'autruches et professeur de français en collège. Elle a vécu à l'étranger, et sait dire « vous habitez chez vos parents ? » en slovaque, en maltais et en roumain. Aujourd'hui, Flore Vesco vit en région parisienne. Elle se déplace exclusivement en vélo, écrit, et tente de faire pousser des pommes. Elle aime les anagrammes, les mots de plus de trois syllabes, les listes, les anecdotes, et tout ce qui a des bulles (le champagne, le bain moussant, la bande dessinée...).

60-62, rue Saint-André-des-Arts
75006 Paris
www.didier-jeunesse.com
Illustration de couverture : Rémi Saillard
Composition, mise en pages et photogravure : IGS-CP (16)
ISBN : 978-2-278-08991-8 • Dépôt légal : 8991/01
N° d'impression : 1801620
Loi n° 49-956 du 16 juillet 1949 sur les publications destinées à la jeunesse

Achevé d'imprimer en France en avril 2018 chez Normandie Roto Impression s.a.s. (Alençon), imprimeur labellisé Imprim'Vert, sur papier composé de fibres naturelles renouvelables, recyclables, fabriquées à partir de bois issus de forêts gérées durablement.